ZHONGGUO QI WENHUA

中国棋文化楹联大赛作品汇编

容坚行　主编

山西出版传媒集团
山西人民出版社

图书在版编目（CIP）数据

中国棋文化楹联大赛作品汇编 / 容坚行主编.
太原：山西人民出版社，2025. 5. -- ISBN 978-7-203
-13985-0

Ⅰ.Ⅰ269.7；G891.3

中国国家版本馆 CIP 数据核字第 2025DD9863 号

中国棋文化楹联大赛作品汇编

主　　编：容坚行
责任编辑：傅晓红
复　　审：崔人杰
终　　审：梁晋华
装帧设计：程红丽

出 版 者：山西出版传媒集团·山西人民出版社
地　　址：太原市建设南路 21 号
邮　　编：030012
发行营销：0351 - 4922220　4955996　4956039　4922127（传真）
天猫官网：https://sxrmcbs.tmall.com　电话：0351 - 4922159
E — mail：sxskcb@163.com　发行部
　　　　　sxskcb@126.com　总编室
网　　址：www.sxskcb.com

经 销 者：山西出版传媒集团·山西人民出版社
承 印 厂：山西出版传媒集团·山西新华印业有限公司

开　　本：889mm×1194mm　　1/16
印　　张：8.25
字　　数：150 千字
版　　次：2025 年 5 月　第 1 版
印　　次：2025 年 5 月　第 1 次印刷
书　　号：ISBN 978-7-203-13985-0
定　　价：78.00 元

编 委 会

顾 问

邹继海　孔　见　陈小奇　纪光明　梁锦豪

主 编

容坚行

副主编

梁伟棠　陈志刚　徐勇灵(女)　孙幼明　梁国德

执行主编

邓扬威

执行副主编

孟光辉　邓广庭　容一思　吴肇毅

编 委

廖桂永　许银川　何兆溪　陈益群　彭　平
晏明春　张明亮　杜　颖　马　驰　葛万里
施绍宗　蔡海燕　王学琛　汤卓光　温秀坚
张宇翔　刘兰慧(女)　温　斌

编 务

陈美玲(女)

前言
大赛的缘起及沿革

楹联文化乃中国独有，它以字数相等、词性相同、平仄相协、寓意深刻的特有形式展现其无穷魅力，在中国乃至世界有着深远的影响，深受广大人民群众和楹联爱好者的喜爱。以其为载体弘扬和传承中国棋文化，举办相关大赛，是一向走在中国棋文化事业前列的广东棋界和文化界的又一创举，具有积极的现实意义和深远的历史意义。

由广东棋文化促进会、广州棋院、广东楹联学会共同举办的"中国棋文化楹联大赛"已经成功举办了五届，参赛者所在的国家和地区十分广泛，收到的参赛作品有一万多联。

今后，该项大赛还将在得到赞助和支持的情况下继续办下去，使其成为广州、广东乃至全国的一个棋文化品牌。

大赛组委会这次选取五届"中国棋文化楹联大赛"获奖作品合订出版，是为了使其更有效地留存于世，并得到更广泛的传播，从而使更多的棋文化机构及棋类活动工作者、楹联爱好者和广大棋迷，能够更方便地欣赏五届大赛的优秀作品所展现出来的棋文化风采，体会作者是如何领会和诠释大赛的主题。

回顾五届大赛，各有其比赛主题：第一届大赛的主题是迎亚运，为第16届亚运会在广州举办摇旗呐喊。考虑到当时中国棋坛虽然十分活跃，但"重竞技，轻文化"的倾向比较严重，大赛组委会认为，从传承、弘扬中国源远流长、博大精深的棋文化角度进行考量，这无疑是一种不好的现状。故举办楹联大赛，通过其特有的形式展现其无穷的魅力，利用楹联作为载体，借助该载体在中国和世界华人地区所具有的影响，并深受广大人民群众和楹联爱好者的喜爱，有力地促进棋文化事业向前发展，这便是策划举办中国棋文化楹联大赛的初衷。此外，在2010年第16届亚运会举办前夕及亚运会进行过程中开展本次活动，不仅能够在刚落成的广州棋院里为公众很好地展示中国琴、棋、书、画传统"四艺"中的"半边天",还可以使更多的人关注亚运会，吸引更多的人以一种特别的方式参与到广州亚运中来，为发源于中国的围棋、象棋首次成为亚运会比赛项目的广州亚运呐喊助威，令广州亚运办得更文化、更新颖、更成功，这也是策划楹联大赛的另一个初衷。

第二届大赛的主题是大力复兴中国棋文化，充分发挥中国棋文化修身养性的本源功能，以提升人们的精神境界，增强人们的综合素质。大赛组委会认为，古人对棋文化的理解，更多的是从修身养性角度来认识或认同的，而今人则更多的是从体育竞技角度来认识或认同。的确，作为优秀传统文化之一的中国棋文化，其功用并不限于竞技，更重要的是在于修身养性。在岭南棋文化节期间举办的第二届中国棋文化楹联大赛，其目的就是以群众喜闻乐见的形式大力促进中国棋文化事业的发展，期望通过复兴、弘扬中国棋文化的修身养性功能，为逐步实现树立良好社会风尚，改变时下物欲横流、道德滑坡的社会现状这个重要目标添加正能量。

第三届大赛的主题拓宽视野，别开生面，并非就棋文化而论棋文化，而是延伸到从与棋文化息息相关的传统"四艺"角度来进行认知——即以"弘扬中华传统文化，琴棋书画共冶一炉"为大赛主题。此举既引起了参赛者的极大兴趣，也使本届大赛收获了许多在创作上别具一格的优秀楹联作品。琴、棋、书、画艺术被称为"四艺"，是中华传统文化中的瑰宝，有着不可替代的启迪智慧、修身养性的作用，千百年来涵养着中华民族的品格和精神。本届大赛的着眼点是传承和弘扬传统文化中的瑰宝，大力促进包括中国棋文化在内的"四艺"向前发展，目的仍然是希望借此能够为逐渐引导并树立良好的社会新风尚助力。

第四届大赛则贴近我们国家的发展战略，以"展望海上丝绸之路，传承中国棋文化"为主题。大赛希望人们从围棋和象棋的思维角度，深入思考、分析和描绘"一带一路"带来的文明交流、对外经济和文化交融的愿景，或从棋类竞技智慧中探寻"一带一路"倡议，为国家发展战略建言献策，贡献力量。

第五届中国棋文化楹联大赛的启动，正是着眼于中国的美育事业，"美育立德树人，传承中国棋文化"就是本次大赛的鲜明主题。中国美育，特别是包含中国棋文化在内的"四艺"，是中国传统文化中的智慧结晶，蕴含着无限哲思和无穷的美妙变化。第五届大赛希望人们从"四艺"角度，尤其是中国棋文化角度深入思考、分析和描绘中国美育发展战略，为美育建言献策，贡献力量。

本届大赛的一项重要内容是征集上联，下联为："五千年崇德尚艺修身养性琴棋书画任先锋"，要求应征者应以含美育立德以及中国棋文化的内容来撰写上联，并请关心中国美育事业和中国棋文化事业发展的楹联专家和爱好者踊跃投稿，共襄文化盛事。值得一提的是，由于第一次征稿的来稿质量不够高，未能评出优秀上联，为了能征集到优秀的上联，本届楹联大赛征集上联的活动进行了两次。

由于各届大赛分别设定独特主题，其主题与楹联文化及棋文化均有独特交集，故征集到的作品亦十分独特，让人读起来有别具一格的感受。由于其独特性，无疑便具有一定的文化价值。为此，大赛组委会特别邀请一些书法界、文艺界、新闻界及政府有关部门的棋类爱好者，和职业棋手一道挥毫书写部分获奖作品，为获奖作品增色添彩。

本次编辑出版的汇编本，既是对五届楹联大赛的一次总结，也是一次全面的赛事作品成果展示，因此不但内容十分丰富，而且也比以前编辑出版的楹联书册体量更大。编委会希望该汇编本能够更好地发挥其文化传承及传播作用，为中国棋文化的发展作出应有的贡献。

目 录

第 一 章
嘉宾为中国棋文化楹联大赛
赠联赠墨宝

一、广州军区原副参谋长孔见将军作品

一十九道纹，纬地经天，黑白争雄，凝神抢点夺关制面；路从狭处逢，剑指七星座，胸罗大勇，旗荡角隅，骋驰逐鹿中原；审时度势，权衡多得少得，巧布铜墙铁网，全枰内犬牙交错，转瞬乎混水摸鱼，曾折腾龙困深渊；纵横际生死难分；僵（疆）场打劫，目数为凭，败无馁气，散已释怀，悦见东方高手同欢，美称围弈。

三十二枚子，楚河汉界，红蓝赛锦，竭力攻城掠塞擒王；炮摆当头启，卒巡八极营，车控诸衢，士防宫宇，挺进挥师边域；决计运筹，谋划先拼后拼，暗施韬略玄机；满盘端戎马协调，霎时那扬虚击实，几回合兵临故阙，弓弩间安危未卜；残局将军，帅存而定，胜固开颜，和皆遂意，欣赢华夏黎民共乐，雅号象棋。

创作体会：棋道长联创作过程报告

2010年的广州亚运会是羊城的一件盛事，我们生活工作在这座城市，非常希望能够为这场盛会作点贡献。

6月中旬，我的老朋友围棋大师马晓春先生来到广州，我和广州正佳广场总裁陈维民先生、广州棋院院长容坚行先生共同接待马大师。席间，容院长介绍了我们的国粹围棋、象棋首次列入亚运会项目，广州市斥巨资在白云山下修建了美丽的庭院式棋院作为比赛场馆。为了进一步增强棋类比赛场馆建设的文化气氛，在场区内建设了棋文化精粹馆，并且要组织楹联大赛活动，动员我们参加。我想，这也是为亚运会作贡献的一个好机会，便欣然接受了容院长邀请撰写一副楹联的任务。并且，亚运会是盛事，棋类第一次进入亚运会，非常有意义。中国棋文化博大精深，历史悠久，我便准备下点功夫写一副有分量的作品，楹联文化自然以长联为难为大，便意欲写长联。

对联创作首先是上下联谁和谁对，恰好是围棋和中国象棋双双进亚运，围棋诞生早于象棋，自然围棋为上，象棋为下。

接着是创作的角度和体例。楹联从短到长，短联精到，意在点石成金；长联则是叙述式，要能够把一个事物介绍清楚。

长联是一个多句字的大系统，第三步自然是谋篇布局。棋道如兵，我是军人，又在军事科学院当过研究员，参照兵法条例的架构，把长联分解成为：棋制、开局、谋划、角逐、决战、收官、评判七个组成部分。后来想想，下棋毕竟不是真刀真枪的流血战争，而是一种娱乐游戏，就又把这一内容写进去，便有了八个部分，命名按主题定为棋道。

接下来这一步非常重要，就是认真研究棋道妙理，并用文学语言表达出来。书到用时方恨少，好在平时有容坚行院长给的围棋书、许银川大师给的象棋书和收藏的楹联书，认真研究一番，将棋道、兵法、诗词等融入楹联之中，楹联初创出来。容院长交《广州日报》发表后，读者黄老先生精通楹联，对我的作品平仄精心修改，便有了最终稿。艺海无涯，棋道无边，斯是陋作，敬请教正。

2013年11月23日

二、广东棋文化促进会副会长梁锦豪作品

枰纹十九道，理入微茫，机通大宇。若夫势地权衡，守攻异法，无非取舍咸宜，急缓符节。使点尖跳挖、靠渡扳黏、自布局以无忧始，积寸功而蹑等，差堪面目开扬，收官胜算。为事业者，欲借鉴焉？

棋子卅二枚，何分贵贱，策出中枢。必亦刚柔兼用，进退同心，迫可宽严得度，配合知方。令士相炮车、卒兵将帅，至终盘而有序行，成一体以宏谋。遂致菁英凝聚，去厄图雄。作运筹人，应如是也。

三、中国楹联学会顾问委员会副主任、广东楹联学会原会长、书画院院长邹继海作品

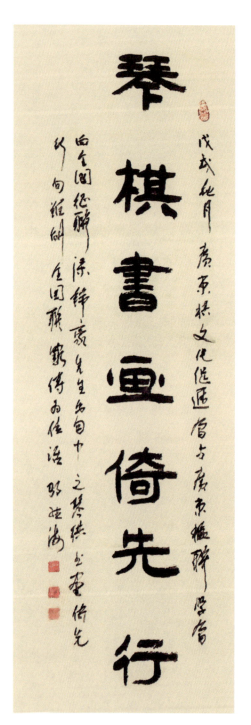

琴棋书画倚先行

四、中国楹联学会原常务理事、广东楹联学会顾问委员会副主任、书画院执行院长孙幼明作品

开枰肯负兵车勇；

结局终披将帅袍。

五、中国楹联学会原理事、广东楹联学会会长助理、书画院副院长许志凌作品

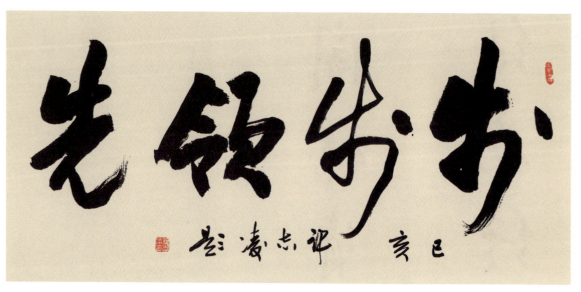

步步领先

六、中国楹联学会原常务理事、广东楹联学会副会长兼秘书长、广东楹联学会书画院副院长容启东作品

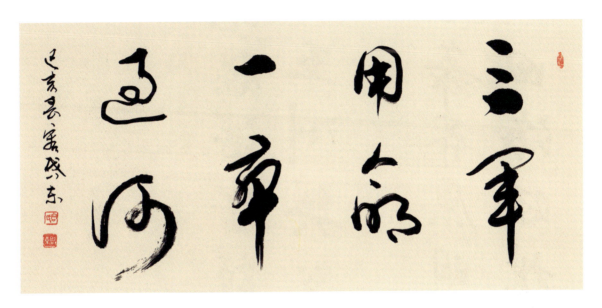

三军用命　一卒过河

七、广东省社会科学院国学中心原主任柯可作品

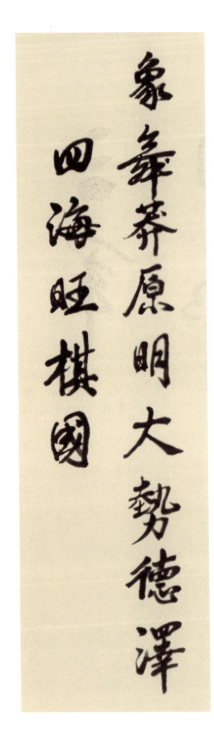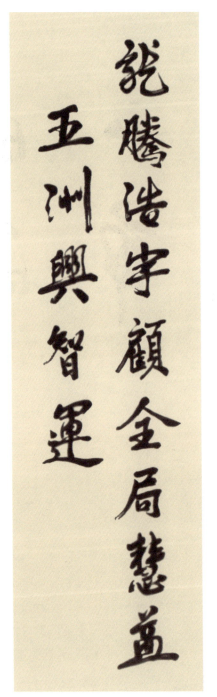

龙腾浩宇顾全局慧（惠）
益五洲兴智运；
象舞莽原明大势德泽四海
旺棋国。

穗城虎跃传捷报；
粤海龙飞兴国棋。

八、中国围棋协会原副主席、河南省棋队原总教练、围棋职业六段黄进先作品

人生如逆旅　我亦是行人

九、历届获奖作品书法展示

1.第一届一等奖获奖作品

楸枰持一角，便可横刀立马荡风云。且看他兵来将挡、虎斗龙争；且看他东巡西讨、北战南征；出神入化衍玄机，胜负无非兼半壁；

方寸列三军，无非悦性怡情开智慧。但任尔武略文韬、雄才霸气；但任尔剑胆琴心、高怀逸趣；博古通今涵雅量，须臾便可冠千人。

撰联：咸丰收

纪光明，围棋业余4段。中国书协第五届、第六届、第七届理事，广东省书法家协会副主席，广东省政协书画院副院长。其作品多次入选全国展事及重大主题展览，曾担任中国书法"兰亭奖""全国展"多项展事评委。作品被中国美术馆、人民大会堂、中南海、全国政协、中国文字博物馆等国家机构收藏。

2. 第一届一等奖获奖作品

楸枰一局，自有仙家布阵，国士谋篇，羡当年樵斧山前，君臣湖上；韵致千秋，依然智者独钟，达人共爱，看今日亚洲对弈，世界聚焦。

撰联：魏艳鸣

陈小奇，围棋业余4段。中国著名词曲作家，中国音乐家流行音乐学会原常务副主席，广东省流行音乐协会主席，曾任广东棋文化促进会副会长。

3. 第二届一等奖获奖作品

日月出心中，
两篓山河装黑白；
方圆归掌上，
一枰经纬结风云。

撰联：张德新

李小东，围棋业余4段。曾任广东省人民检察院副检察长，现任深圳市人民检察院检察长。

4. 第三届一等奖获奖作品

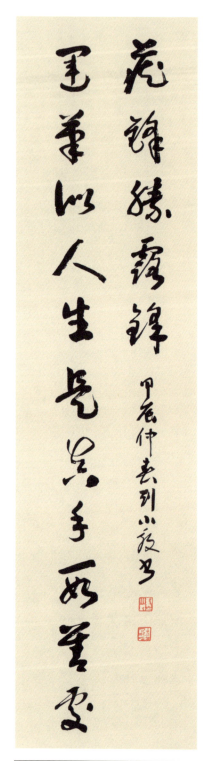

下棋明世事，有大眼光，
不因小局妨全局；
运笔似人生，是真手段，
善处藏锋与露锋。

撰联：朱志华

刘小毅，围棋业余2段，象棋爱好者。广东省广播电视局原党组书记、局长，现任广东省第十四届人大教育科学文化卫生委员会主任委员，广东人文艺术研究会会长。

5. 第三届一等奖获奖作品

一子为全盘，
死生莫为无名恼；
个人从整体，
进退须从大局观。

撰联：郭德萍

张勇，号大勇，中国棋院杭州分院顾问，杭州市棋类协会原主席；中国作协书画院浙江分院副院长，杭州市老年书画家协会创会主席。

6. 第四届一等奖获奖作品

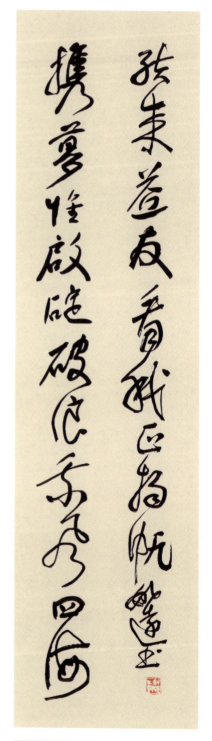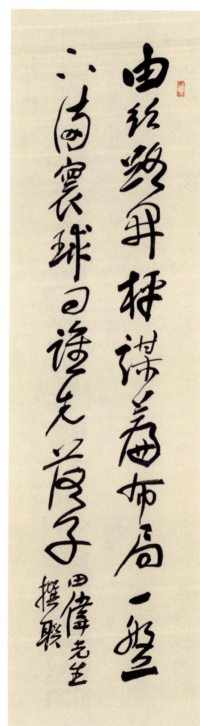

由丝路开枰，谋篇布局，一盘下满环球，问谁先落子？
携梦怀启碇，破浪乘风，四海结成益友，看我正扬帆！

撰联：田伟

姚军，围棋业余5段。山西省书法家协会理事，山西省书画家协会理事，山西省围棋协会副主席，山西人民出版社原社长。

7. 第四届一等奖获奖作品

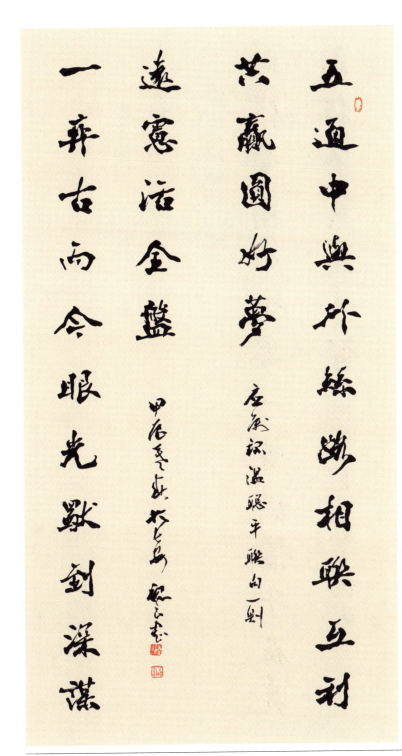

五通中与外，丝路相联，
互利共赢圆好梦；
一弈古而今，眼光独到，
深谋远虑活全盘。

撰联：温聪平

魏良，围棋业余5段。中国书法家协会委员，陕西省书法家协会副主席，西安市书法家协会副主席，陕西省政协委员。

8.第五届一等奖获奖作品

思维改旧观人生千個夢備身乃上
育美更期大作為 甲辰正月吉旦 王纲

开枰不負真才智 范青山先生撰联
時代呈新局世界一盤棋落子庄先

时代呈新局，世界一盘棋，
落子在先，开枰不负真才
智；
思维改旧观，人生千个梦，
修身乃上，育美更期大作
为。

撰联：范青山

王纲，围棋业余5段。中国书法家协会会员，中国楹联学会理事，陕西省书协副主席，政协西安市常委，西安市围棋协会副主席。

9. 第五届一等奖获奖作品

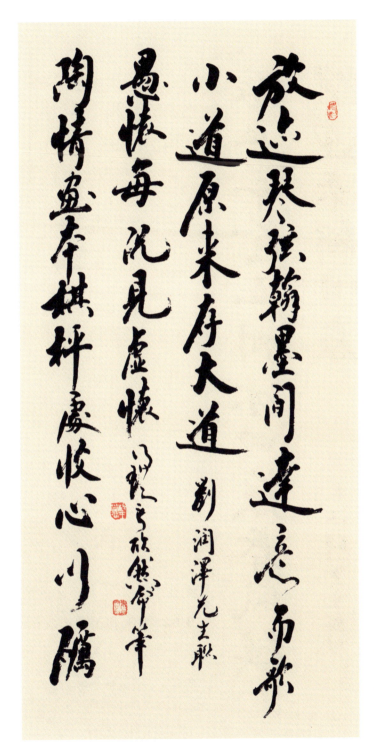

放迹琴弦翰墨间，达意而歌，
小道原来存大道；
陶情画本棋枰处，收心以砺，
愚怀每况见虚怀。

撰联：刘润泽

朱锡实，围棋业余5段，象棋大师。山东省棋队原总教练，中国书画国际大学教授，齐鲁学院院长，硕士生导师，中国书法家协会会员，中国美术家协会会员，山东省泰山围棋俱乐部名誉主席，济南市象棋协会名誉主席。

10. 第四届二等奖获奖作品

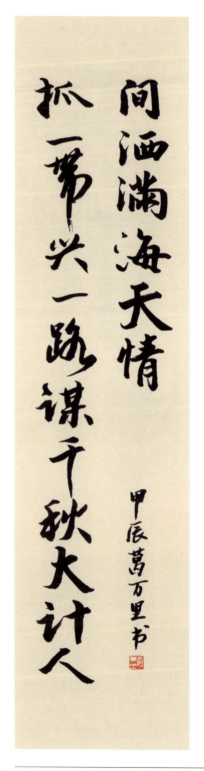

振五羊，誉五洲，沐四度
春风，棋院迎来新旧友；
抓一带，兴一路，谋千秋
大计，人间洒满海天情。

撰联：王汉群

葛万里，围棋业余4段。广东棋文化促进会原副秘书长，《羊城晚报》主任记者。多年从事棋类运动项目新闻宣传报道工作。

11. 第五届三等奖获奖作品

掌控风云，须凭远虑深谋，落子每从全局想；
抛开胜负，便可陶情养性，修心常自大观看。

撰联：林为挺

江铸久，著名围棋九段棋手。1978年进入国家队，于第一届中日围棋擂台赛中获得五连胜，轰动一时。1990年赴美，曾多次获得北美大师赛冠军。1999年加入韩国棋院。2003年获得韩国第四届麦馨杯九段最强战冠军。2011年与妻子芮廼伟在上海成立"江芮围棋"，致力于围棋青少年教育和围棋文化推广。2017年应邀赴联合国教科文组织巴黎总部，作题为《围棋中的易经思想》的演讲。

第一章　嘉宾为中国棋文化楹联大赛赠联赠墨宝　　025

12. 第三届三等奖获奖作品

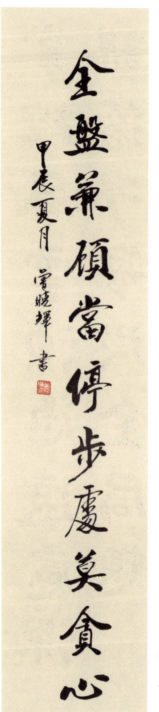

一局稳操，未举足时先着眼；
全盘兼顾，当停步处莫贪心。

撰联：王祥文

曾晓辉，围棋业余4段。先后毕业于中国科技大学和南京大学，获天体物理博士学位。现任香港美术学院院长兼教授、中华报业集团主席、《中华时报》社长。

13. 第二届（征下联）优秀奖获奖作品

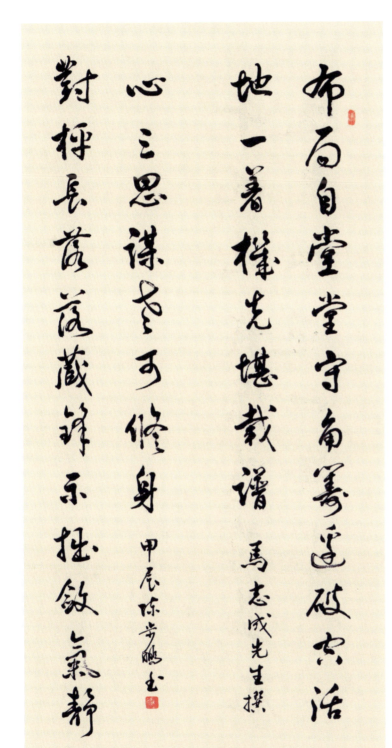

上联：布局自堂堂，守角筹边，破空活地，一着机先堪载谱；

征下联：对枰长落落，藏锋示拙，敛气静心，三思谋老可修身。

撰联：马志成

陈步鹏，世界象棋联合会财务委员会副主任，澳门中国书法家联谊会主席，澳门文化界联合总会书法专业委员会委员。

14. 第四届（征下联）优秀奖获奖作品

上联：千帆竞发，丝
路蔚蓝，届远无垠通
四海；

征下联：九域复兴，
邦邻友好，棋新一局
惠多边。

撰联：郭彦波

许银川，象棋特级大师，是集全国冠军、亚洲冠军、世界冠军于一身的"全冠王"。

15. 第五届（征上联）鼓励奖获奖作品

征上联：廿四言心灵规范，报国持家，忠敬廉勤应恪守；

下联：数千载德艺传承，修身养性，琴棋书画倚先行。

撰联：吴静岚

芮廼伟，世界围棋史上第一位女子九段，吴清源关门弟子。1980年进入国家队，1986年开始连续四届在全国女子个人赛中夺冠。1992年杀入应氏杯四强，1999年加入韩国棋院，2000年击败李昌镐、曹薰铉问鼎韩国国手战，成为唯一一个获得韩国"国手"称号的女棋手，轰动世界棋坛。2012年回归中国棋院。2017年全运会夺冠，成为全运会史上夺冠年纪最长的运动员。至今仍驰骋在国内外赛场。

第二章

第一届中国棋文化楹联大赛
作品荟萃

第一节　获奖作品点评

一、一等奖（咸丰收）作品

楸枰持一角，便可横刀立马荡风云。且看他兵来将挡、虎斗龙争；且看他东巡西讨、北战南征；出神入化衍玄机，胜负无非兼半壁；

方寸列三军，无非悦性怡情开智慧。但任尔武略文韬、雄才霸气；但任尔剑胆琴心、高怀逸趣；博古通今涵雅量，须臾便可冠千人。

作品点评：梁锦豪（广东棋文化促进会副会长）

2010年第十六届亚洲运动会举办前夕，由广东棋文化促进会、广东楹联学会、广州棋院共同举办的"迎亚运中国棋文化楹联大赛"成为中国棋坛一时盛举，经评委会从9000多副自拟联中评出山东咸丰收先生的撰联为一等奖。

"楸枰持一角，便可横刀立马荡风云。且看他兵来将挡、虎斗龙争；且看他东巡西讨、北战南征；出神入化衍玄机，胜负无非兼半壁；

方寸列三军，无非悦性怡情开智慧。但任尔武略文韬、雄才霸气；但任尔剑胆琴心、高怀逸趣；博古通今涵雅量，须臾便可冠千人。"

此联上下联共100字，通篇说弈，以"赋"的手法展开。议事抒情，拓展怀抱，颇见气象。上联说的是作弈之事，下联说的是作弈之人。立意明达，通体流畅，一气呵成，确是好联。

夫文学作品，均应具思想性，如白乐天所云，"文章合为时而著，歌诗合为事而作"，说的就是这个意思，作品要反映现实，有时代意义，有思想，有启迪作用。

上联的两军对垒比拟象棋作弈盘面，以"兵来将挡……"16个字把象棋作弈时两阵交锋情境写得声色俱茂，动态纷呈。末句以"胜负无非兼半壁"来概括争胜的终极目标，一语中的，发人深省。

下联说的是作弈的人，深一层看，是提出棋手们应有的品格。先是说棋手对"棋"的认识，应视之为怡情悦性、开启智慧的游戏，而非赌博逐利的工具。在棋局上你大可施展你的文韬武略，抒写你的剑胆琴心，但勿把这种"须臾便可胜千人"的胜负看得那么重要，而做到"博古通今涵雅量"才是获益的所在，也是做人的根本。

从文学艺术上看，上下联同位词性相对，还是比较工整的。至于上联的"兵来、将挡……"8个联合词组是动词性词组，对以下联的"武略、文韬……"8个名词性联合词组，字面上看不怎么工整，但在一些长联上，只要在联内结构统一，可视为句中对，而上下联都用联合词组，读来也无甚不妥，便应允许；又如"便可"与"无非"，上下联都用了，且在不同的位置上相对使用，称为辘轳对，则是"宽对"的一种形式。从句式组成看，多种多样，错落有致，亦可取。

从音律上看，四字句的第二、四字，七字句的第二、四、五、六、七字都做到了合乎律句的要求，且同位平仄调相反，也都合乎对仗的原则。如"胜负无非兼半壁"是"仄仄平平平仄仄"，对下联的"须臾便可胜千人"是"平平仄仄仄平平"，音律的对应亦十分工整。只有合律的句子才能使读者读来有酣畅淋漓之感，增加艺术的感染力。像"万敌伏足慓，三军扬眉雄""马炮破敌阵，兵车开吾疆"，字义是工整了，但连平连仄，读起来殊无节奏之美，在唐以前的古体是可以的，在对联中就应弃用了。

当然，作者此联严格要求起来，还有可商榷之处，顺便提出，供参考。一是"荡"字语义不明，可以再"炼"一"炼"，如果横刀立马，则取"倚"字为宜，取含蓄待发之势。若势已动，用"荡"或"涤"，或"战"，或"出"，则"立"字改"跃"字为宜。二是"但任尔"三字逗，是三连仄，读来拗口，因上联是"且看他"，下联要勉为对上，就加了个"但"字，似嫌硬凑，不如"且""但"都去掉，则觉自然了。

一管之见，未知然否，供文学朋友们讨论。

二、一等奖（魏艳鸣，女）作品

楸枰一局，自有仙家布阵，国士谋篇，羡当年樵斧山前，君臣湖上；
韵致千秋，依然智者独钟，达人共爱，看今日亚洲对弈，世界聚焦。

作品点评：孙幼明（广东省楹联学会副会长）

2010年，由广东棋文化促进会、广东省楹联学会和广州棋院共同主办了迎亚运中国棋文化楹联大赛。其中规定一等奖两副中的一副获奖联为女性，结果这副联由魏艳鸣（女，南京）获得。全联内容是：

楸枰一局，自有仙家布阵，国士谋篇，羡当年樵斧山前，君臣湖上；
韵致千秋，依然智者独钟，达人共爱，看今日亚洲对弈，世界聚焦。

为什么这副联能获得一等奖呢。当时评委是这样认为的，这副联把棋文化和棋艺的历史典故以及时代性都巧妙地结合在一起，同时也把迎亚运的主旨很好地反映了出来。这副联属于中联，不长也不短，上下联各有25个字。此联体现了如下的特点：一是切题。棋文化征联当然要有棋艺类的特点和内容，联中首先开笔就写道"楸枰一局"，也就是说下棋的棋盘，然后说仙家布阵，国士谋篇，把下棋和仙家论剑比成朝中大臣议政一样，都是要讲究法度和技巧的。二是用典。写诗作联，如能适当地加入典故可使作品文采生辉，联中用了宋太祖赵匡胤和陈抟老祖的故事，也用了朱元璋和徐达的故事，即联中"樵斧山前，君臣湖上"。这样写韵味十足。下联主要是写棋艺已历经千年到今天，还是人们喜爱的益智和体育活动，受到社会各界人士的欢迎和喜欢，"智者独钟，达人共爱"，而且还不仅如此，并成为亚运会的比赛项目，引起全球关注，即"亚洲对弈，世界聚焦"。这副联中也运用了些小技巧，有必要解释一下，就是对联的"句中自对"，是说上下联的同等位置中，联语是不对，但在上下联中，它有固定的词来相对。如联中"樵斧山前"和"君臣湖上"就是句中自对。它和下联"亚洲对弈，世界聚焦"是不对的，但"亚洲对弈"和"世界聚焦"也是句中自对，所以整副联是对仗工整的。

第二节　获奖作品荟萃

一、一等奖（2名）

1.咸丰收（山东）

楸枰持一角，便可横刀立马荡风云。且看他兵来将挡、虎斗龙争；且看他东巡西讨、北战南征；出神入化衍玄机，胜负无非兼半壁；

方寸列三军，无非悦性怡情开智慧。但任尔武略文韬、雄才霸气；但任尔剑胆琴心、高怀逸趣；博古通今涵雅量，须臾便可冠千人。

2.魏艳鸣（女，南京）

楸枰一局，自有仙家布阵，国士谋篇，美当年樵斧山前，君臣湖上；

韵致千秋，依然智者独钟，达人共爱，看今日亚洲对弈，世界聚焦。

二、二等奖（3名）

1.陈创（广东）

谋事如棋，看淡输赢才着手；

做人似卒，认清方向不回头。

2.杜向明（河北）

行棋者倘怀天下，想其心底方圆，终成就缤纷世界；

观战人休论目前，看我手中黑白，悄安排锦绣山川。

3. 谢征（广州）

东山弈坛，风靡一时，沧桑几度，际此世纪初临，国盛民殷，勉力扶倾挽坠，旗鼓高张，复兴锦赛；

昔日棋手，身经百战，彪炳有年，自当宝刀未老，鞘鸣技痒，莫辞刮垢磨光，锋芒再露，重著征袍。

三、三等奖（5名）

1. 钱政锟（北京）
象舞羊城，邀五羊共舞，祥和如意乐洋洋，泱泱亚运；
棋搏弈阵，看一弈双搏，竞技修身神奕奕，熠熠广州。

2. 余小伟（河南）
开局争胜负，看策马扬鞭，排兵布阵，指点江山施妙手；
落子辨黑红，待驱车跨界，引炮窥营，盘桓楚汉建奇功！

3. 马向星（陕西）
有勇兵称帝；
无谋帅作囚。

4. 卜可用（江苏）
当枰进退三分谨；
罢局输赢一笑空。

5. 万峥嵘（武汉）
嘉朋不论红先黑后而来，恰天赐良机、我引契机，健将争驱三步虎；
盛会欣偕金角银边以动，看地开玉局、秤翻新局，花城巧博一盘棋。

四、入选奖（50名）

1. 温家才（山东）
虚实莫测时，且防脚下三千歧路；
胜败难分处，但使胸中百万奇兵。

2. 张文静（山东）
凡子莫轻，小卒亦能堪大用；
每招须慎，骄师未必胜哀兵。

3. 杨志（河北）
进要三思，退要三思，须要三思知进退；
输因一步，赢因一步，常因一步定输赢。

4. 钟宇（江西）
胜败本无常，凭一步棋高，或成大眼全盘活；
修为原有道，历几番雪浴，更练梅魂万古香。

5. 王世侠（山东）
羊城展靓姿，友谊萦怀，和日谐天宜竞技；
亚运布新局，人文在手，棋花联韵更风流。

6. 高扬（江苏）
运筹帷幄，心牵汉界楚河，看元帅昭昭，将军奕奕，欣欣仕相传边令；
决胜疆隅，手握强兵勇卒，听炮声隐隐，骏马萧萧，滚滚车轮奏凯歌。

7. 张志玉（河南）
敲枰竞技，迭出奇招，步步藏玄机，亚运精神眉上写；

斗智争雄，频施妙着，时时添毅力，风云气度手中谈。

8.刘松山（湖南）

诈局不迷，变局不慌，勤参黑白方圆，眼界自随心境远；

观棋无语，落棋无悔，淡看输赢成败，人生常伴笑声多。

9.黄莲英（江西）

健儿为子，亚运当盘，战不问输赢，敢来参赛皆生益；

禹甸作东，羊城设局，人无分国度，愿去交心定会和。

10.陈自如（安徽）

竞技于棋，也竞品于人，惟求棋品共高、人品共高，不以输赢定成败；

联朋在谊，犹联情在趣，但愿谊情相乐、趣情相乐，更凭修养致和谐。

11.李波（辽宁）

经纶万象风云，落子但应怀敬意；

交结五洲宾客，敲棋原不在争心。

12.祝大光（湖北）

马车出阵，相士守城，楚河任跨越，忽报小兵擒大帅；

胜也别骄，败当不馁，心态且放平，每从棋局悟人生。

13.杨桂慈（湖南）

落座凝神，观气象万千，指点棋枰领地；

临池布阵，涌胸潮澎湃，登攀德艺高峰。

14.潘志民（广东）

两军对垒，全凭智勇略谋，尽管拦河设界，戒备森严，依然杀得卒丢炮哑，马仰车翻，天昏地暗；

只手挥师，总有赢输胜负，无须丧气垂头，飞扬跋扈，但愿保持志壮心雄，情深谊厚，地久天长。

15.陆癸昌（广东）

小小棋枰，演绎千秋故事；

悠悠弈道，奔驰万国雄风。

16.李润权（广东）

黑白纷争，单官解气，留猫睛、营虎口，持股列阵，纵插斜穿，筑井围城困敌；

卒兵对决，上士出车，撬马脚、压象田，督卒过河，横冲直撞，隔山开炮擒王。

17.苏振学（山东）

退能守，进能攻，列阵布兵，千种智谋千种乐；

胜不骄，败不馁，修身养性，一重境界一重天。

18.庄德同（江苏）

局有大观，进退须凭韬略妙；

棋非小技，高低莫测智谋深。

19.宣信树（安徽）

先后轮回，势局多变化，切莫循规思进退；

黑红互换，输赢难预料，合当静气对方圆。

20.陈亮（四川）

寸方之地演玄奇，黑白藏机，万般境界千秋艺；

得失之时皆豁达，输赢在博，百岁人生一局棋。

21. 周广征（安徽）

棋非小道，或纵横捭阖，或黑白腾挪，避短扬长，一局攻防全在眼；

弈乃大观，忽奇正相兼，忽刚柔并济，审时度势，千般变化了于胸。

22. 梁自贤（广东）

一局棋开，二军对垒，三思落子，四下惊心，五轮瞒天过海，六鼓声消釜底抽薪，智取七仙奇阵，勇斗八都豪圣，越九曲长河，十载寒梅今竞秀；

甲场舞步，乙马奔腾，丙炼排球，丁来击剑，戊夜踏板跳台，己方卫视屏中报道，穷追庚虎跨栏，欣劳辛女健儿，挥壬龙大臂，癸星金榜又名扬。

23. 陈奎娟（河北）

纵是局中人，亦把输赢看淡；

应为天下计，自当黑白分明。

24. 李法深（广东）

将相和谐开大局；

兵车合力保长城。

25. 周美平（湖南）

心底有棋枰，试看健儿频夺冠；

眼中无国手，敢教宋祖再输山。

26. 曹毅（湖南）

世事如棋，且铺陈千局千枰，赢能长志，输能长智；

人生若客，莫计较一城一地，得又何欢，失又何妨。

27. 田鑫（河北）

棋开一局春光，黑白交锋争上下；

人算千条妙计，方圆竞技孕乾坤。

28.陈耀成（广东）

世事若围棋，半目失谋旋易势；

人生犹象弈，一招得意莫忘形。

29.黄铎吉（广东）

闲时宜稳重棋盘，调兵遣将，守固攻坚，凭借六韬，愈战当然愈勇；

急处且平衡局势，走马追车，扬长避短，秉持三略，常温必定常新。

30.王友华（广东）

中西有界棋无界；

岁月无碑艺有碑。

31.方良（广东）

一局论兵戎，天地作枰星作子；

满盘皆活络，古今为注月为灯。

32.库佳（江西）

虎掷龙拿，楚河汉界；

忘忧从乐，一局千秋。

33.杨庆军（江苏）

义智兼施，于攻守无声处，披坚执锐，羊城竞技大潮起；

和谐共举，在风云际会时，启慧修身，亚运精神玉局开。

34.杨成新（广东）

百密一疏，难免兵临城下；

十拿九稳，力求马到功成。

35. 杨玲（河南）

胜负几曾分？看硝烟渐起，鏖战正酣，将帅纷争方寸地；

得失何必较，有妙趣横生，友情常在，江湖亦是自由天。

36. 梁小筠（广东）

一着可争先，局面开时，远古风雷凝手下；

三思非落后，心神敛处，人生哲理启枰中。

37. 朱荣军（浙江）

宜乎养性陶情，落子三思，推枰一笑；

必也审时度势，纵横经纬，取舍方圆。

38. 左万青（广东）

朔尧帝流长源远，方枰之内，涵卦象阴阳，谋略攻防，故先是修身养性，再是怡情竞技；几历千年，每迷将相王侯，广入中华大地，尽得风流传世界；

到如今叶茂根深，盛国之民，秉祖师遗范，棋门真髓，遂弈能守土拔城，闲能煮酒烹茶；时逢亚运，又让新朋旧友，笑于两尺沙场，一挥兵马主湖山。

39. 王夏男（烟台）

棋道有交规，士象焉能行马路？

楸枰多默契，卒兵莫擅闯河沿。

40. 韩全兴（河北）

着着关大局，百虑而行，人生如是；

处处有先机，屡输不馁，事业诚然。

41. 王树凡（安徽）

眉笑对楸枰，胜固欣然，纵横皆是和谐路；

手谈传技艺，败仍可喜，河界连成友谊桥。

42. 朱建波（辽宁）

咫尺楸枰，王道无侵宁守分；

分明黑白，胜筹满握不争先。

43. 莫非（郑州）

纵横有道心宜静；

黑白无言手自谈。

44. 胡建（重庆）

弈棋宜出绝招，须眼明手快，胜败全凭一念；

做事当行义举，必身正形端，声名莫负众生。

45. 王永江（北京）

流传不止千年，养性怡情，十分妙处人生乐；

方寸能罗万象，从龙逐鹿，一子让时天地宽。

46. 杨银元（江西）

鏖战只须方寸地；

存亡全在帷帐中。

47. 敖立贤（香港）

天地方圆，鸟鹭高飞存远志；

人间黑白，烂柯无语勘机心。

48. 冯杰雄（广东）

胸有良谋，取胜何妨马后炮；

心无远虑，贪功累杀界前兵。

49. 周永红（湖南）

九域文明之火，照亮棋盘，凭手挈风云，帷幄运筹操胜算；

千年智慧之光，刷新对局，更胸罗日月，疆场博弈占先机。

50. 马瑞新（山东）

鏖兵方寸地，炮打连营，马踏八方，楚河汉界分高下；

快意纵横间，棋赢一手，技惊四座，饭后茶余较短长。

第三章

第二届中国棋文化楹联大赛
作品荟萃

第一节　获奖作品点评

一、优秀下联奖（马志成）作品

对枰长落落，藏锋示拙，敛气静心，三思谋老可修身。

（上联为：布局自堂堂，守角筹边，破空活地，一着机先堪载谱。）

作品点评：梁锦豪（广东棋文化促进会副会长）

2012年9月，第二届中国棋文化楹联大赛中多了一个征对下联的活动，兼附以重奖，以增加活动的情趣。同仁们让我出了个上联："布局自堂堂，守角筹边，破空活地，一着机先堪载谱"，结果从数百个应征下联中遴选了山西马自成的下联为最佳应征下联。其文为："对枰长落落，藏锋示拙，敛气静心，三思谋老可修身"。

现在，同仁们又让我对此点评一下。我想，还是先从上联立意说起罢。撰联之时，正值海疆多事之际，故字面上说的是围棋的弈理，实际心境是一语带双关的。"守角"是守住立足点，"筹边"是擘画边陲的防御，"破空"是取得制空权，"活地"是取得地面的主权。凡事物过程之相互交织，必有契机，这契机你先想到了，看到了，找到了解决之法，就叫握有"先机"，一着"先机"把握好了，诸事物过程交织而成的矛盾便能迎刃而解。所以妙手一着，足以留于谱，世事如棋，其理是一样的。上联可深一层解读为"谋事之言"。

观之下联，前三句说的是为人处事的境界，最后一句归结于"修身"，不论这种修身方式是儒的、佛的、黄老的，总而言之乃是"修身之论"，从题旨上是切"对"了的。从用语看，前后四句，前呼后应，围绕着作者推崇的一种做人处事风格而展开，颇得夫子"一以贯之"的心得。这种谋定后动养心养性的风格是浮躁的人不易揣摩的，更遑论修为了。

从音律上看，该平该仄的地方都遵守了，也没犯大的毛病，只是有一点小建议，第三句的"静心"改为"清心"或会好些。"清"字是清除杂念之意，主动性会强些，和"敛"字较匹配。而且一句四个字只一个"心"字平声，读起来感觉不那么顺畅，过去叫"犯孤平"，能免则免吧。

总体来说，作者此联对得是好的，文律两佳，故获最佳奖是实至名归的。

二、一等奖（张德新）作品

日月出心中，两篓山河装黑白；
方圆归掌上，一枰经纬结风云。

作品点评：梁锦豪（广东棋文化促进会副会长）

在2012年第二届中国棋文化楹联大赛的征联中，一等奖（男）获得者为黑龙江张德新，其自撰联为："日月出心中，两篓山河装黑白；方圆归掌上，一枰经纬结风云。"

此联读来令人如立九皋之上，视野开阔，心胸豁达。这是文学艺术上形式和内容高度统一和精心凝练所带来的感染效果。其一，就字面上看，上联说的是围棋的棋子，下联说的是棋盘，但经过作者运用比喻的手法，把两种棋具拔高到天象的情景来说事，就把读者的感受一下子提升起来了。你看：日月周行皆运筹于心中，白山黑水归置于篓内，天圆地方掌握在手，纵横经纬纠结着万里风云，其气象何大如之。

其二，通过这一比喻，亦同时把弈者临枰时的心态刻画出来了。看他高瞻远瞩，叱咤风云，其胆略胸怀亦何其壮也！

唐代的吕纯阳道士爱说"袖里乾坤大，壶中日月长"，本意是说他袖子里装了很多东西，他爱喝酒，但把两事物和乾坤、日月联系起来就进入一个无限的时空中，把他的仙人气质烘托出来了。二者的手法及所达到的艺术效果是一样的。

本是极普通的世俗游戏，在作者的笔下便演绎成一幅壮丽的仙人博弈图卷！

此联之音律甚谐，故上口读之如行云流水，畅达自然。在平仄协律上亦属标准，故评委评之为一等奖，固其宜也。

三、一等奖（林美珍，女）作品

地以之方，天以之圆，一盘世事方圆里；
气之以动，道之以静，万象人生动静中。

作品点评：孙幼明（广东省楹联学会副会长）

在2012年第二届中国棋文化楹联大赛的征联中，林美珍（女，福建）获得了一等奖。全联是：

地以之方，天以之圆，一盘世事方圆里；

气之以动，道之以静，万象人生动静中。

该联是短联，上下联各有15字。该联能获奖是巧妙地把棋艺的道理和人生哲理融合在一起，以道家文化天圆地方、一张一弛、动静结合联系在一起，引人思考。联中说，地是方的，天是圆的，而棋盘也是有方有圆，格是方的，棋子是圆的，一个棋盘就是和一个世界差不多，可以变化无穷，天下万物都可以像棋子一样装进棋盘里。其实这副联粗看时似乎与棋艺关系不大，但细品之下，就感觉到它和棋艺有关，也就是"一盘"二字。如果没有"一盘"二字的话，这联就是不合格的，但它用了，就显得与众不同。下联是说下棋也要有静有动，有气有道，思考时静，落子则动，"静如处子，动如脱兔"，而且和人生也联系起来，人的一生也和下棋一样，无时无刻不处在动静中。"一盘世事"对"万象人生"，"方圆里"对"动静中"也十分工整。这副联不以文采取胜，而将人生哲理和世态炎凉融入联中，这是它的过人之处。

第二节 获奖作品荟萃

一、优秀下联奖（1名）

马志成（男，山西）

对枰长落落，藏锋示拙，敛气静心，三思谋老可修身。

（上联为：布局自堂堂，守角筹边，破空活地，一着机先堪载谱。）

二、一等奖（2名）

1.张德新（黑龙江）

日月出心中，两奁山河装黑白；

方圆归掌上，一枰经纬结风云。

2.林美珍（女，福建）

地以之方，天以之圆，一盘世事方圆里；

气之以动，道之以静，万象人生动静中。

三、二等奖（3名）

1.汪星群（安徽）

对弈但同偕乐，放迹枰前，盈尺会当三万里；

行棋乃在修身，养心座上，片时而蕴五千年。

2. 刘光伟（浙江）

棋若复盘，输赢可作前车鉴；

路难回首，悔恨休听后炮鸣。

3. 董汝河（河北）

方圆通世界，揽全局在胸，卧虎屠龙，用尽争锋千着计；

黑白衍人生，出奇招制胜，收官数子，无非弹指一盘棋。

四、三等奖（5名）

1. 梁彩如（女，广东）

纸上谈兵分楚汉，枰中悟道弈方圆。

2. 陈创（广东）

攻防经意，须向全盘精布局；

进退用心，若无后着慎行前。

3. 马弘（四川）

风云落子行天地；道德留门过古今。

4. 徐俊杰（江苏）

世事随云且问枰，常不知当局或迷、旁观则审；

人生有日须临阵，最难得举棋若定、落子如飞。

5. 谢雅婷（女，福建）

首创必古圣先贤，于机谋算计间，似控精兵临百战；

领悟得世情天理，至心性平和处，当知妙境是双赢。

五、入选奖（50名）

1. 张智冠（宁夏）

开疆分楚汉，阵脚稳时，壮士引弓成霸业；

移子定乾坤，灯花落处，仙翁拢袖布玄机。

2. 赵久生（北京）

今古棋坛，云卷云舒，问域中圣手，可悟出和谐二字；

黑白世界，花开花落，有局外高人，已参透胜负一词。

3. 林玉新（河南）

春领江天，秋横海月，几着达意而怀，谁壮胸中兵甲；

输犹不馁，胜又何骄，百战平心而弈，我收眼底风云。

4. 刘进平（湖南）

要见雌雄真对手，常争黑白老交情。

5. 朱其亮（河南）

谋篇布局衍玄机，进退自如，方可出神入化；

列阵排兵凭雅兴，输赢淡定，无非悦性怡情。

6. 王晋（湖南）

捭阖之间，本无分达官显贵，市井村夫，皆可登堂寻雅趣；

琴书以外，且共赏名士风流，翰林国手，更能夺冠盖群芳。

7. 生吉俐（女，北京）

步步且思量，应变随机，下棋切忌死心眼；

时时当谨慎，宽怀待物，处世还须好性情。

8. 杨振林（北京）

诸子无名，色空无异，妙趣十分，万里江山同做客；

众生平等，胜败平常，烂柯一局，五湖烟水独忘机。

9. 宋贞汉（安徽）

进退必参详，半着争来全局活；

输赢能看淡，一回战罢满堂欢。

10. 张兰英（女，安徽）

笑看风云，观其变幻棋枰，落子心中存淡定；

难分胜负，待我高明手段，凝神眼底破玄奇。

11. 江初（广东）

两军楚汉三千阵；一纸纵横万里图。

12. 周美平（女，湖南）

对弈或无情，交手争雄，世事原应分黑白；

终枰欣有悟，推心会友，人生何必重输赢。

13. 林小然（广西）

骄兵总被哀师克；胜算多从败局求。

14. 王小波（女，湖南）

静境周旋，满盘胜算归平淡；

阵前攻守，二子吁谋换笑颜。

15. 林锦城（广东）

一局品棋如品酒；通盘知己也知心。

16. 鄂明尔（哈尔滨）

艺博方寸，智骋方圆，坐隐忘忧天地外；

梦入神机，情怡神妙，修心悟道有无中。

17. 刘畅（广东）

子在局中央，天元居巧；心超棋以外，国粹流芳。

18. 黄纯南（浙江）

蕴儒学，涵佛学，合道学，一局之中，包罗万象；

去俗情，冶性情，益世情，三皇而下，传衍千年。

19. 李钧（黑龙江）

兵无定势，水隐常形，妙算神机非靠谱；

胜固欣焉，赢何傲也，休闲玩耍不言功。

20. 李友新（女，安徽）

楚河汉界，益寿延年，喜看白发翁，闲中取乐；

黑马红车，开心练胆，笑听髫龄子，纸上谈兵。

21. 白晋锋（山西）

士秉精忠，恒守九宫方得志；

兵存大义，敢冲一界不回头。

22. 张志玉（河南）

凝思启智，遣将调兵，布阵蕴玄奇，竞技精神枰上见；

汇道融儒，攻坚守固，陶情多豁达，争雄气魄手中谈。

23. 卢旭逢（广东）

谁言旁者清明，且看烂柯王质，百年还醉仙家阵；

莫道局人迷惑，可知妙手唐宗，一子犹施天下谋。

24. 林琅（广东）

棋子莫分轻重，或凭一卒一兵，用活犹能擒将帅；

高人何计后先，若是多谋多勇，得来全不费功夫。

25. 王家安（甘肃）

五千年不过棋盘，终究黑白双方，沧桑胜败凭心定；

数十子难围眼界，纵是江山一寸，横竖风云放手弹。

26. 姚莉（女，安徽）

画纸喜为枰，弈乐草堂，杜翁笔涌三千句；

拈棋方落子，捷传淝水，谢傅欣赢百万兵。

27. 刘志刚（甘肃）

养性壮精神，棋中意趣原非战；

修心弘道义，枰上情怀本在和。

28. 余永忠（福建）

不以输赢消雅趣；但凭黑白看人生。

29. 蒋乐思（江西）

适意爱行棋，寄兴怡情，无关名利，益智健身求雅趣；

消闲欣对局，修心养性，不较输赢，虚怀大度尚文明。

30. 舒贵生（江苏）

咫尺蕴乾坤，效他飞举功夫，一天星斗凭攀摘；

须臾穷变化，施我腾挪手段，万里风云任卷舒。

31. 解维汉（陕西）

方寸展才思，任云谲波诡，水尽山穷，淡定沉着知进退；

棋枰涵理趣，可养性修心，参禅悟道，超凡入圣仗中和。

32. 闫长安（江苏）

临局似参禅，坐隐忘忧，气定神闲，玉子纹楸舒韵远；

谈经如悟道，抱元守拙，天空海阔，金瓯丝扇绕魂香。

33. 朱荣军（浙江）

创于上古圣贤，帝王弈，樵子观，一副楸枰横史册；

融尽东方智慧，衍阴阳，明进退，无穷棋路悟人生。

34. 曹毅前（湖南）

凭手底一杆，释放紧张，堪称真智者；

效橘中二叟，收藏欢乐，便是大赢家。

35. 苏振学（山东）

欲得棋中乐；休当局外人。

36. 李祖国（广西）

养性修身一局棋，赢也罢，输也罢；

邀朋约友三分月，乐弈之，闲弈之。

37. 黄政权（四川）

艺比高，品比高，当晓输赢无定式；

棋之道，心之道，须明德义乃根基。

38. 王松坤（福建）

策不拘形谋为上；招无定势勇当头。

39. 孙毅（福建）

黑白子，莫定高低，手论人德道义。

隐仕间，休惊宠辱，心向野鹤闲云。

40. 肖波（贵州）

局势分清，方知进退；玄机参透，便握风云。

41. 邹玉麟（广东）

争锋及经纬界河，攻守纵横，方知棋局关天道；

落子轻古今成败，权衡得失，倘许弈人知世情。

42. 梅志一（广东）

兵马胸中，江山大计，斟酌收放间，松月敲棋清意府；

界河眼底，天地残局，评品腾挪处，花溪演谱静心源。

43. 吕可夫（湖南）

天地人咸集一枰，黑白隐玄机，棋思各异凭心搏；

琴书画合称四艺，风骚皆雅事，弈品不高莫手谈。

44. 何跃清（湖南）

观棋莫语，指点江山非本事；

对垒休慌，纵横经纬亦豪情。

45. 王存白（山西）

陶情有独钟，三千物外澄名利；

筹局何如是，卅二子间容地天。

46. 文伟（重庆）

劫余再劫，争后再争，坐隐任冲飞，弃子收官心照处；

天外观天，局中观局，闲情归逸品，修身养性手谈时。

47. 杨怀胜（山西）

思以慎微，行以率真，古今大道三分义；

儒之精髓，禅之意趣，天地中庸一局棋。

48. 胡小敏（女，江西）

世事若行棋，入理上情中，欲得成功先布局；

人心何设局，听街边树下，未曾相识也争棋。

49. 范青山（山西）

兵列角边，谋方圆而不语，可成立马横刀业；

手持红黑，观楚汉以开怀，也是山中湖上人。

50. 张志强（河北）

心清闲若水，养性修身，纹枰可作忘忧散；

子落重如山，审时度势，举步宜从大局观。

第四章
第三届中国棋文化楹联大赛
作品荟萃

第一节　获奖作品浅评

一、一等奖（朱志华）作品

下棋明世事，有大眼光，不因小局妨全局；
运笔似人生，是真手段，善处藏锋与露锋。

浅评：左万青（广东楹联学会副秘书长）

此联以处世、为人作为两条主线谋篇布局，笔触老练，用语通俗易懂，以事言理，浑然天成。上联以棋局寓处事，道出用世处事，须从大处着眼的大局观。下联以书法之道寓为人之道。"藏锋"与"露锋"本是书法术语，经作者匠心妙运，很自然地与为人之道有机结合在一起。此联机杼足见，承转自然，允推男性作者榜首。

二、一等奖（郭德萍，女）作品

一子为全盘，死生莫为无名恼；
个人从整体，进退须从大局观。

浅评：左万青（广东楹联学会副秘书长）

此联以棋道寓用世之道，行文简洁自如，条理清晰，布局合理，经作者上下联语的精心刻画，一个将个人生死置之度外、顾全民族大义的英雄形象跃然纸上。本联难得之处，是巾帼不让须眉，一洗女性作者的脂粉气，将棋盘上的玄妙推演得淋漓尽致。

三、二等奖（陈创）作品

三思方落子；
百劫不输心。

浅评：左万青（广东楹联学会副秘书长）

本联贵在洗练，短短十言，道出围棋之道妙谛。上联以"三思"阐述下子前布棋局的重要；下联以"不输心"道出"败不馁"和"友谊第一，比赛第二"的道理。

四、二等奖（吴建炜）作品

手上才挪方寸地；
心中已动万千兵。

浅评：左万青（广东楹联学会副秘书长）

将帅决胜千里，一马平川，胜在谋定而后动。由战场演化而来的棋枰之道亦然。此联不言胜负，不言布局落子，而是以鲜活洗练的字词，对仗工整的流水对，描述下棋过程中一个风云在握的善弈者。正是字不在多，有神则灵。

五、二等奖（曹克定）作品

四艺岂言闲，注全神以至陶情冶性，养得胸襟消俗气；
一枰何见小，识大局而迁治国麾军，修来智慧展宏谟。

浅评：左万青（广东楹联学会副秘书长）

此联为典型的散文句式联，分别以养性和修齐为意谋篇布局，联语古朴沉雄，起承、收放自如，章法足见。上联论述了琴、棋、书、画等四艺不止消闲，还可陶冶性情；下联论述了枰小道大的棋文化哲学。整联夹叙夹议，服务于棋及其他三艺文化在现实中的意义这个主题，虽有"四艺"与"一枰"有外延重合之对仗瑕疵，但掩不了作者借艺抒怀之宏愿。

六、三等奖（唐银华）作品

将相合心，士遇良朋当尽瘁；
兵卒用命，时逢明主定成功。

浅评：左万青（广东楹联学会副秘书长）

此联以高层"将相"及底层"兵卒"分两条主线描绘和赞美中国现在的时局。世事如棋，上联"将相"堪比现时国家的文官和武官，古有廉蔺的"将相和"，今有文武官齐心协力，尽瘁国是。下联"兵卒"则寓意国家的普通战士和百姓，他们在党的英明领导下，取得了建设有中国特色的社会主义的伟大成就。全联富有时代气息，寓时局于棋局之中，遣词得当，风格雄浑，可称佳构。

七、三等奖（吴文生）作品

开枰当作全盘想；
举步敢为一卒先。

浅评：左万青（广东楹联学会副秘书长）

此联通过对下象棋的开局描述，向读者展示了掌握时局的人所应有的处事胸襟。上联"开枰"即开局，"全盘"即全局，联语弦外之音，说的是做每件事之前，应高瞻远瞩，凡事从大处着眼。下联"举步"即开始做某事，"一卒先"之"卒"，乃"身先士卒"，全句意思是勇者应敢于做发展大业的领头羊，起先锋模范作用。短联胜在精辟，失于片面，本联能以博弈者胸襟为主旨，遣词造句稳妥而简洁，已难能可贵；"敢为一卒先"更是勇气可嘉，气度自显。

八、三等奖（王祥文）作品

一局稳操，未举足时先着眼；
全盘兼顾，当停步处莫贪心。

浅评：左万青（广东楹联学会副秘书长）

上联立意于"脚踏实地，稳中求进"。"一局""着眼"是围棋术语，"举足"则比拟行棋。下联以告诫语气，着眼于"慎思笃行，肃欲戒贪"，切合当今倡廉反贪之好风尚。全联布局合理，寓意深刻，可作为官者的诫勉联。

九、三等奖（张兴贵）作品

偕琴师画客书家，静观世态人生，进退之中需远瞩；
蕴佛理儒风道学，通晓兵谋战略，输赢以后要深思。

浅评：左万青（广东楹联学会副秘书长）

此联在谋篇上独树一帜，联之两起皆不直接说棋，而是以琴画书三艺、佛儒道三学为衬托，突显出棋文化的包容之广，地位之高。上联笔触为描述，通过对"四艺"名家欢聚一堂的下棋场景的描绘和论述，阐明了从容看世，周全处事才是正确人生观的哲理。下联笔触为叙述，通过对棋文化奥微的陈述，让读者领悟到事物相通、表象藏微的道理。全联循序渐进，结构严谨，说理入微，不失为佳联。

十、三等奖（周文杰）作品

始分开汉界楚河，对阵不容两立；
终收拾银枰玉子，合来仍是一家。

浅评：左万青（广东楹联学会副秘书长）

此联以象棋的开盘和结局分为上下两条主线铺开笔墨，脉络清晰，用词铿锵有力，主旨明确。上联以棋枰上分处楚汉河界两边的双方比喻两个势不两立的敌对阵营；下联则笔锋一转，道出了天下分久必合，血浓于水的情愫。全联上下比看似是对立的两件事，但却有一条无形的纽带将其紧密地连在一起。

第二节 获奖货品荟萃

一、一等奖（2名）

1. 朱志华（江西）

下棋明世事，有大眼光，不因小局妨全局；

运笔似人生，是真手段，善处藏锋与露锋。

2. 郭德萍（女，黑龙江）

一子为全盘，死生莫为无名恼；

个人从整体，进退须从大局观。

二、二等奖（3名）

1. 陈创（广东）

三思方落子；

百劫不输心。

2. 吴建炜（浙江）

手上才挪方寸地；

心中已动万千兵。

3. 曹克定（湖北）

四艺岂言闲，注全神以至陶情冶性，养得胸襟消俗气；

一枰何见小，识大局而迁治国麾军，修来智慧展宏谟。

三、三等奖（5名）

1. 唐银华（长沙）

将相合心，士遇良朋当尽瘁；

兵卒用命，时逢明主定成功。

2. 吴文生（湖北）

开枰当作全盘想；

举步敢为一卒先。

3. 王祥文（江西）

一局稳操，未举足时先着眼；

全盘兼顾，当停步处莫贪心。

4. 张兴贵（山西）

偕琴师画客书家，静观世态人生，进退之中需远瞩；

蕴佛理儒风道学，通晓兵谋战略，输赢以后要深思。

5. 周文杰（女，安徽）

始分开汉界楚河，对阵不容两立；

终收拾银枰玉子，合来仍是一家。

四、优秀奖（50名）

1. 毛得江（甘肃）

势形屡变，认清虚实，斗智争雄知进退。

棋局常新，看淡输赢，谋篇布阵有方圆；

2. 庄垂灿（福建）

举棋淡定，经纬分明，和谐行直道；

布局从容，方圆合一，大化播仁风。

3. 孙道雄（云南）

弈情总若俗情，穷达顺逆，反复无常，能看透方为妙手；

棋道犹如世道，胜负输赢，循环有变，不执着便是高人。

4. 杨发余（江苏）

古谱蕴心机，角力千秋，隔世频来寻敌手；

高人闲步履，知音几着，推枰一笑恰和棋。

5. 卢象贤（江西）

若疏于大局，便不战已危亡，况到中盘存反复；

纵占尽先机，又何须多砍杀，须知圣手重平衡。

6. 黄纯南（陕西）

二子何奇，使儒者痴，隐者迷，僧者崇，一局相忘尘世里；

千秋不绝，合道之奥，兵之诡，法之谨，百家尽在玉楸中。

7. 咸丰收（重庆）

琴弹春色分云绿；

棋落幽声与月清。

8. 包苏日嘎拉吐（内蒙古）

弹弦绝处声声慢；

运子精时步步高。

9. 肖波（贵州）

宾客解千愁，对弈怡情，枰上输赢当看淡；

黑白归两道，为人留意，世间邪正务分清。

10. 张德新（黑龙江）

黑白悟人生，须将胜负放盘外；

丹青描世事，更把和谐注笔中。

11. 黄宁辉（湖南）

黑白方圆，法天象地

死生虚实，守正出奇

12. 曹银平（女，山西）

车驱万里，马跃八方，开盘犹重卒兵勇；

炮飞一界，仕守九宫，决胜还须将相和。

13. 沈进龙（福建）

绘画修心，笔下尤崇梅傲雪；

行棋励志，胸中但学卒争先。

14. 程立家（成都）

大局在先，有失方能有得；

慎行为上，无谋必定无赢。

15. 马弘（四川）

点线纵横，万变不离八法；

方圆幻化，一着暗蓄千机。

16. 黄武（江西）

校苑虎龙腾，看四艺秀才，英雄辈出岭南后；

花城桃李艳，承五羊载德，风气常开天下先。

17. 冯国喜（湖南）

手移星斗，眼定乾坤，生死存亡千载异；

阵演方圆，势分黑白，古今中外一枰同。

18. 徐俊杰（江苏）

黑白弄闲情，罢局收官，许朝琴下听音、书中悟道；

红蓝施妙手，以和为贵，且向诗边寻梦、枰上交心。

19. 刘红波（广西）

琴怡心，棋启智，拓云水襟怀，神游八极飞仙渺；

书养气，画陶情，秉梅兰风骨，思接千秋野鹤闲。

20. 朱其亮（河南）

名利若浮云，何妨静气观棋，淡定从容寻意趣；

方圆皆乐土，更喜平心博弈，纵横捭阖展风流。

21. 胡育秋（广西）

书可修心，画可修心，琴棋亦可修心，四艺登堂添雅趣；

方能载道，圆能载道，黑白犹能载道，一枰布局悟人生。

22. 钟宇（江西）

舍棋以诱之，须慎三分，贪则恐丢帅位；

过界何强也，莫轻一卒，近而能逼将才。

23. 姚莉（女，安徽）

诗圣寄闲情，纸上描枰，好邀妻子同寻乐；

山樵逢雅趣，洞中忘斧，不识仙凡只恋棋。

24. 董汝河（河北）

三棋进校园，新局宏开期后起；

百计归枰案，妙招频出竞先机。

25. 王之秀（女，安徽）

一枰天地大；

两岸弟兄亲。

26. 陈双田（河北）

开枰对手，罢枰联手，彰博大精深，让小棋子盛行其道；

变局当心，残局用心，斗机谋智慧，出新着儿完胜全盘。

27. 王夏男（安徽）

敢与大师拼一局；

能教小技长三分。

28. 何跨海（湖南）

国粹怎弘扬？且仗园丁，挤得闲时传四艺；

思维当启迪，暂辞题海，寻来静处下三棋。

29. 李强（山东）

名为练手，实则修心，人生若子一枚，进退攻防须慎虑；

变化无常，方圆有度，世事如棋千局，输赢得失要轻看。

30. 周美平（女，湖南）

疏密空灵，手扬时，径尺楸枰舒画卷；

纵横驰骋，棋落处，一盘珠玉作琴声。

31. 王龙强（浙江）

以天下为手谈，但见白山环黑水；

从枰中得心悟，须知死地是生门。

32. 卜用可（女，江苏）

四艺进黉门，看笔舞墨飞，字画香添求学梦；

三余生雅兴，听弦弹子落，棋琴音和读书声。

33. 哈余庆（安徽）

焦尾桐中，雨润风清，人道抚琴堪养性；

烂柯山上，峰回路转，谁知解局亦销魂！

34. 王朝霞（女，河北）

攻守无声，慧心各布局，胜负还凭一子妙；

宫商入耳，琴曲堪淑世，悲欢足令百年磨。

35. 刘新才（江西）

天地自初开，已将日月入枰，江山入画；

风云无定局，但凭奇招制胜，妙笔致新。

36.杭后发（安徽）

极高明分篆隶楷行，满纸风云变幻，举笔岂能方寸乱；

致广大矣楚河汉界，一枰章法纵横，出招常教鬼神惊。

37.李金万（陕西）

琴奏于心，棋运于谋，风云只手开天地；

书行之品，画濡之性，色艺双肩并瑾瑜。

38.王更瑜（河北）

生涯每在棋中悟；

知己多从弦上逢。

39.李光前（湖南）

棋能益智须勤练；

琴足陶情勿乱弹。

40.方应展（河南）

若技不如人，劫杀之间，胜负无需计较；

倘胸能纳海，平和以后，精神自可提升。

41.曹文献（新疆）

似画人生，当留白处休着墨；

如棋世事，不到终盘慢认输。

42.易姣娣（女，湖南）

玉子起风云，听绿绮流泉，静气宁神，锦瑟能安心战躁；

楸枰伴檀麝，对青烟迷月，酽茶淡酒，金炉更染手谈香。

43. 王绍伟（山东）

尘事如棋，一局未终，眼下风云须淡定；

虚怀若海，千帆过后，胸中日月自沉浮。

44. 崔钢兵（湖南）

万般世事如棋，赢而不傲，输而不馁；

多彩人生似画，绿亦是情，红亦是缘。

45. 刘松山（湖南）

以平常心对胜负和，乐在其中，更将世理由棋悟；

得静雅意如琴书画，超然物外，不使人生当局迷。

46. 林小然（广西）

与琴书画同传，文化绽奇葩，一局戎机开智境；

共佛道儒相契，情怀如淡菊，半窗月色落棋盘。

47. 欧镇铭（广西）

一棋在手风云起；

几曲清心块垒消。

48. 肖红辉（湖南）

斗室起兵锋，逐鹿棋中能决胜；

平生无宿敌，退身局外定言和。

49. 韩全兴（河北）

逞冲杀不见硝烟，只琴韵茶香，局中楚汉座中友；

轻胜负乃知棋趣，任城倾将殁，枰里江山水里云。

50. 梁小江（广东）

雅韵灿棋坛，历几番墨冶琴陶，云中境界；

鸿儒多国手，感千载茶熏诗润，枰外功夫。

第 五 章
第四届中国棋文化楹联大赛
作品荟萃

第一节 获奖作品浅评

一、优秀下联奖（郭彦波）作品

九域复兴，邦邻友好，棋新一局惠多边。

（上联为：千帆竞发，丝路蔚蓝，届远无垠通四海）。

浅评：梁锦豪（广东棋文化促进会副会长、广东省围棋协会顾问）

这是一副形式和内涵都很不错的对联。我们先看其音律，上联系：平平仄仄，平仄仄平，仄仄平平平仄仄；下联对以：仄仄仄平，平平仄仄，平平仄仄仄平平。每句的二四六字平仄相对，颇工整。另：就文义上说，均从大处着笔，亦具宏观气象。上联说的是海上丝绸之路，千帆渡远，融通四海，见大国风姿。而下联的格局亦足以相颉颃，九，言其众也。九城复兴系指我国全面复兴的盛况。由此而倡"一带一路"，惠及诸邦，走共同富裕之路。这里的"棋"系指国家下的一盘"大棋"。这一新的布局，必能惠及带、路所及诸邦，济世惠人，也显示了强大中国的力量。下联说事喻理，无隔意之嫌，是为工对。

二、一等奖（田伟）作品

由丝路开杆，谋篇布局，一盘下满环球，问谁先落子？

携梦怀启碇，破浪乘风，四海结成益友，看我正扬帆！

浅评：左万青（广东楹联学会副秘书长）

此联切合主题，较好地将棋文化与我国"一带一路"倡仪有机地结合在一起，联语通俗而不失生动，立意平凡却不失恢宏，布局合理，起承、收放尽得方家风范。上联起句从大处下笔，将"一带一路"区域比作一个大棋枰，过渡句则将我国丝绸之路经济带共同发展的倡仪比作弈道，最后以设问作结，留给读者一定的想象空间。下联以怀揣"中华民族复兴梦"为起，接着以淋漓畅快的笔触，形象生动的语言，描绘了我国"一带一路"倡仪的实施过程和成果；结语"正扬帆"有寄有思，下笔着力。个人认为，此联有个缺憾，全联对"一带一路"倡仪与棋文化结合的阐述，仅停留于一般层次的字词铺张上，欠点睛之笔，未能深挖"和平发展，互利共赢"的主题。

三、一等奖（温聪平，女）作品

五通中与外，丝路相联，互利共赢圆好梦；
一弈古而今，眼光独到，深谋远虑活全盘。

浅评：左万青（广东楹联学会副秘书长）

此联布局上从大跨度的空间和时间构思上下联，起得恢宏，收得自信；联语上"五通""丝路""共赢""古而今""活"等词语散发着浓厚的时代气息，可圈可点，颇得叙事联写作的妙谛。表达主题上，很好地点出了此次征联大赛"发展、共赢"的要旨。全联语句协调，包涵广达，主题鲜明突出，堪称佳构。作者虽为女流，却可秒杀诸男性作者。不是之处是下联中句与起句的跳跃稍大。

四、二等奖（谭李云）作品

鲸舟竞发，梦想启航，万里东风帆正举；
玉局重开，海丝落子，一招先手势无穷。

浅评：左万青（广东楹联学会副秘书长）

此联以"丝路""棋局"为两个切入点谋篇，遣词生动易懂，修辞丰富贴切，构思独特新奇，富有时代性，紧扣大赛主题。下联尤为出色，"重开""海丝落子""势无穷"具大师气象。联的缺憾是：虽然语句华丽，但思想深度不足。

五、二等奖（王汉群）作品

振五羊，誉五洲，沐四度春风，棋院迎来新旧友；
抓一带，兴一路，谋千秋大计，人间洒满海天情。

浅评：左万青（广东楹联学会副秘书长）

此联是获奖联中最接地气的一联，所选主题也是唯一一联以"'一带一路'倡仪中的棋文化交流"为主题的。本联脉络清晰，语感流畅，用字通俗，接地气，上下联前三分句用数技巧深得其髓，熨帖无痕；两结句在全联中起到了压轴的关键作用，"新旧友""海天情"把棋文化交流及"一带一路"倡仪通过无形的纽带"友爱、和平"有机地扣在了一起，从而实现了对联的对立统一。

六、二等奖（曾春辉）作品

世界一盘棋，运真智慧，豁大胸怀，进退有方谋胜局；
风云千里势，扬丝路帆，拓经济带，海天在抱展宏谟。

浅评：左万青（广东楹联学会副秘书长）

国家"一带一路"倡仪是世界性的，其涉及面广，政策性强，因而在推行过程中需非常讲究策略。此联上联既是说棋，亦是说"一带一路"倡仪，棋局演绎中有丝路方略，丝路发展倡仪中融入了棋局观。下联主要对"一带一路"的发展前景进行了美好的描绘，并寄予大展宏图的美好愿望。作者在遣词上能围绕大赛主题展开叙述，用语大方得体，沉雄稳健，造句布局上环环相扣，首尾呼应，上下关联，不失为佳联。

七、三等奖（祝大光）作品

棋局恢宏，沿一条坦道，撒一串珍珠，亚欧重启丝绸路；
波澜壮阔，借千里清流，送千帆远影，中外拓宽友谊桥。

浅评：左万青（广东楹联学会副秘书长）

上联起句以棋局喻"一带一路"发展大局，逐句循序地向读者陈述了我国重启远古丝绸之路的盛事。下联起句以波澜壮阔比拟"一带一路"发展的大好形势，继而二三分句描写了远航船队出发之时的壮观场面，结句以"友谊桥"作比中国与邻邦的友谊，一个"宽"字突出了成果的显著。但是，就个人愚见，此联遣词稍粗，气脉呆滞，条理欠清。首先起句的"棋局"孤立无援，感觉作者是为了与棋文化搭上关系而生硬地用上"棋"字，全联除棋字外，再也难以找到棋文化的气息。二是下联中段二、三分句的"借清流""送远影"所表达的意象，似乎与"一带一路"的内涵难以关联。"清流"多用于表廉洁或德行高尚的人，"远影"则多用于送别场合，虽海丝出行是有送别之事发生，但重点不在"送别"上。此二词用在此处，恐有不当之嫌。另下联起句"波澜壮阔"，前面的"清流"与之是否冲突？

八、三等奖（戴高峰）作品

丝路为宣，泼彩挥毫，描红国梦千屏画；
爱心当子，排兵布阵，走好人生一局棋。

浅评：左万青（广东楹联学会副秘书长）

此联以"发展丝路战略"和"棋局观"为两条主线成联，遣词较好，选材得当，修辞丰富。上联把丝路事业比作一张白纸，也比作一个美好的梦想，任由中华健儿为其添色畅写。下联把人生如下棋的理念融入联语中，"爱心当子"句有特色。此联的缺憾之处是未能把棋局观与"一带一路"有机地融合起来，上下联关联稍差。另下联的句式比上联的句式显弱。

九、三等奖（庄德同）作品

方圆通胜境，取乐棋中，堪称智者；
路带隐商机，置身局内，便是赢家。

浅评：左万青（广东楹联学会副秘书长）

上联言棋道，下联述"丝路"，布局谋篇得法。联语精警雅朴，言理深刻。全联能从棋局观入手，将"一带一路"有机融合，作者已具联家气象。此联与上面一些联有同一毛病，立意上拘泥于输赢，未能悟出和棋才是棋道的高境界，共赢才是世界发展的主潮流的道理。

十、三等奖（杨轩）作品

中华开大局，世界为枰，博弈风云称圣手；
丝路启新元，文明织锦，通连欧亚壮龙图。

浅评：左万青（广东楹联学会副秘书长）

此联以"棋局观"和"丝路倡仪"为上下联各自素材成联，从宏观上赞美了中国现时的"一带一路"倡仪。联语具时代气息，通俗易懂，条理清晰，对仗工整，为一较好的时事联。

十一、三等奖（林小然）作品

大政归心，际会风云，放飞我辈百年梦；
中枢落子，统筹带路，盘活神州一局棋。

浅评：左万青（广东楹联学会副秘书长）

此联谋篇上以时局气候为烘托，兴引出党中央前瞻性地在世界范围行出了划时代的"一带一路"倡仪妙棋。上联不着"棋"，也不着"带路"而是讲"一带一路"倡仪的时代背景，是来自中华民族伟大复兴的中国梦的总纲。下联"中枢落子，统筹带路"一语中的，叙述精准，政治性强，包容性强，并将棋文化及"一带一路"倡仪自然地融合进来；结语不喊政治口号，而是以艺术化的联语，赞美了"一带一路"倡仪给我们带来的新气象。全联用语精到，不粘不滞，能扣主题。纵观此联，长处是点出"一带一路"的总设计师是党中央，短处是未能突出"一带一路"的"和平发展、合作共赢"的要旨。

第二节　获奖作品荟萃

一、优秀下联奖（1名）

1. 郭彦波（广东）

九域复兴，邦邻友好，棋新一局惠多边。

（上联为：千帆竞发，丝路蔚蓝，届远无垠通四海）。

二、一等奖（2名）

1. 田伟（河北）

由丝路开枰，谋篇布局，一盘下满环球，问谁先落子？

携梦怀启碇，破浪乘风，四海结成益友，看我正扬帆！

2. 温聪平（女，广东）

五通中与外，丝路相联，互利共赢圆好梦；

一弈古而今，眼光独到，深谋远虑活全盘。

三、二等奖（3名）

1. 谭李云（女，广东）

鲸舟竞发，梦想启航，万里东风帆正举；

玉局重开，海丝落子，一招先手势无穷。

2. 王汉群（安徽）

振五羊，誉五洲，沐四度春风，棋院迎来新旧友；

抓一带，兴一路，谋千秋大计，人间洒满海天情。

3. 曾春辉（广东）

世界一盘棋，运真智慧，豁大胸怀，进退有方谋胜局；

风云千里势，扬丝路帆，拓经济带，海天在抱展宏谟。

四、三等奖（5名）

1. 祝大光（湖北）

棋局恢宏，沿一条坦道，撒一串珍珠，亚欧重启丝绸路；

波澜壮阔，借千里清流，送千帆远影，中外拓宽友谊桥。

2. 戴高峰（湖南）

丝路为宣，泼彩挥毫，描红国梦千屏画；

爱心当子，排兵布阵，走好人生一局棋。

3. 庄德同（江苏）

方圆通胜境，取乐棋中，堪称智者；

路带隐商机，置身局内，便是赢家。

4. 杨轩（女，四川）

中华开大局，世界为枰，博弈风云称圣手；

丝路启新元，文明织锦，通连欧亚壮龙图。

5. 林小然（广西）

大政归心，际会风云，放飞我辈百年梦；

中枢落子，统筹带路，盘活神州一局棋。

五、优秀奖（50名）

1. 郑国敏（河南）

局开丝路，跃马飞车，万里春光眸底漾；

胸有棋枰，奇攻巧搏，千秋伟业弈中兴。

2. 薛永祥（陕西）

棋开妙步，智设玄机，博弈双方争楚汉；

国展宏猷，诚施惠局，和风一路拂非欧。

3. 梁致祥（广东）

文化为媒天结彩；

棋坛传道海张枰。

4. 孙道雄（云南）

棋经通大道，随机应变，熟虑深思，便可少输多胜；

丝路惠全球，克己维公，高瞻远瞩，方能互利同赢。

5. 黄伟平（广东）

五通丝路联，亚合欧融，扬帆竞逐大同梦；

一弈古今续，盘坚势厚，布局共推中国流。

6. 黄宁辉（湖南）

丝路已通，借重四隅收地利；

商机易逝，争先一子占天时。

7. 黄政权（四川）

布阵三洲，落子三思，妙手无忧维大局；

倾情一带，壮怀一路，初心不忘振中华。

8. 杨德生（辽宁）

陆成带，海开路，海陆丝绸连富路；

兵为国，卒爱邦，兵卒将帅共兴邦。

9. 王天明（河北）

多边博弈多赢，摆诚信之枰，万里欣邀春布局；

一带缠绵一路，呈纵横之势，九州共盼梦收官。

10. 刘乐贺（福建）

继强汉盛唐，丝路有情，海波无谲，如一恒心圆一梦；

仗高着妙法，举棋无悔，落子有声，顾全大局胜全盘。

11. 赵久生（北京）

聚力拓宽千里路，摇响驼铃，吹响海螺，彰炎黄气派；

凝心下好一盘棋，摆开阵脚，打开局面，展尧舜风流。（新声）

12. 罗豫琼（陕西）

丝路通商连四海，中外同春，古今共道；

纹枰圆梦迈千年，多赢最妙，互助尤高。

13. 张兴贵（山西）

丝路如棋路，全盘统揽全球，怀远略能操胜算；

帅才用将才，一带同谋一局，出高招必占先机。

14. 张应明（湖北）

点线纵横，连通世界，多元万象生，丝路总随思路远；

风云变幻，对弈方圆，一子满盘活，棋图喜共画图新。

15. 蔺洪柏（天津）

阵布楸枰，共赢相照，汇四届繁荣，九州咸赴中华梦；

棋彰丝路，亲善交流，凭一招活局，万国融成世界村。

16. 雷银喜（江西）

谁施妙手，看一带飞花，一路涌霞，国际交流开胜局；

此乃高招，使全盘出彩，全民发力，中华崛起领先棋。

17. 吴进文（安徽）

韬略盈胸，大局巧安排，恰喜千帆连海宇；

经纶满腹，全盘轻驾驭，敢凭一子定乾坤。

18. 秦步云（黑龙江）

梦起心间，扬帆海上；

子行手下，悟道棋中。

19. 马瑞新（山东）

丝路重光，千帆竞舞九州奋；

鸿沟不阻，四海共荣一局新。

20. 吴成伟（广东）

天下一盘棋，谁定输赢？须明了着中变幻，局中盲点；

人间几丝路？华添光彩，喜催来海上繁荣，陆上昌兴。

21. 解云凤（女，安徽）

涛声海上来，汉韵唐风，丝路扬帆追远梦；

意气胸中贮，龙韬虎略，楸枰博弈竞先机。

22. 单继芳（女，黑龙江）

千盘融古今，须把弈情交局外；

一带连天地，更将丝路铸心中。

23. 刘新才（江西）

捭阖纵横，凭独到眼光，奇招迭出持先手；

切磋磨琢，怀双赢目的，大道同归证善心。

24. 文会鹏（湖南）

启千年丝路，与万国为邻，从来有道者不孤，德行天下；

开一席手谈，邀九星入座，自古爱棋人好客，乐在弈林。

25. 吴洪美（重庆）

策马飞车，丝路犹如棋路畅；

谋篇布局，政风胜似惠风和。

26. 张绍斌（江西）

应悟枰中宇宙观，包容无限；

重开海上丝绸路，合作有为。

27. 钟宇（江西）

棋子布楸枰，格局新奇，似有群星拱北；

邦交彰战略，目标远大，且看丝路通西。

28. 姚莉（女，安徽）

千舟逐浪，万里扬帆，友谊架金桥，丕兴海上丝绸路；

四度书春，三棋载誉，和风馨雅苑，扮美羊城锦绣天。

29. 赵春明（北京）

落子生根，沿丝路活出精彩；

行棋有道，操大局铸就辉煌。（新四声联）

30. 曹海通（江西）

丝路已开通，丝带再连通，两步妙棋欣落子；

弈坛常运作，弈家多合作，一盘胜局望收官。

31. 白晋锋（山西）

把丝路延伸，古谱蕴新机，借一带双赢世界；

将玉枰操控，无忧因远虑，凭三思百战人生。

32. 王树凡（安徽）

将不骄，兵不怯，楚汉枰排车马炮；

民同富，国同兴，丝绸路接亚非欧。

33. 赵进轩（山东）

神机搏手谈，一局风云谋对弈；

佳话传丝路，万邦义利得双赢。

34. 许有信（福建）

若然高手出招，车马亦多情，满盘妙着满堂乐；

如此佳期布局，河山应有梦，一带春光一路歌。

35. 卜用可（女，江苏）

怀大智而谋胜局，子落棋行，如是千军在握，千城待下；

统全盘以展宏图，共赢互惠，笑看一带潮生，一路花开。

36. 宋贞汉（安徽）

枰上有乾坤，以智出招，才艺纵横非小道；

眼前兴带路，凭诚布局，风云啸傲是中华。

37. 鲍余华（安徽）

经纬出胸中，完美守攻，笑以棋枰赢世界；

风云归眼底，非常带路，敢将世界作棋枰。

38. 黄武（江西）

一带开新局，一路跃潮头，古国腾飞，继以汉唐兴百世；

全球布大棋，全盘施妙手，今朝博弈，驰来欧亚得双赢。

39. 王波（河北）

一带铺开经线，一路织来纬线，似此棋枰，问谁人落子？

万邦互补资源，万方共拓财源，如斯谋略，看华夏扬威！

40. 张贵祥（山东）

帆扬万里，把梦想追寻，拓开丝路行天地；

棋蕴千秋，将文明展示，攻守纹枰悟古今。

41. 张树路（山东）

一带展宏猷，看一路飞歌，大国襟怀追远梦；

全心思玉局，喜全盘走活，胜筹谋划运神机。

42. 张亚辉（女，河南）

每弈棋枰，博大精深，攻防演化文明史；

重开丝路，恢宏壮阔，合作汇成世界潮。

43. 曹银平（女，山西）

运筹帷幄，瞩远瞻高，共赢海上丝绸路；

博弈风云，审时度势，同作局中睿智人。

44. 刘革新（广东）

棋高一着，看丝路重开，先机在握；

谊结三洲，将鹏图大展，好局同操。

45. 江宗兰（女，安徽）

追梦海丝，桂棹轻扬舟逐浪；

运筹帷幄，长车奋驾马嘶风。

46. 刘红波（广西）

棋才也是奇才，千番鏖战，笑傲群雄，清风拂袖听花落；

丝路还须思路，一着先行，统筹全局，沧海扬帆逐梦飞。

47. 徐维强（甘肃）

数万里江山指顾，奔锦程马快车轻，风云浩浩一枰局；

两千年日月浮沉，看丝路筹新谋远，事业煌煌几代功。

48. 陈自如（安徽）

心当如海纳，汇千流，竞千帆，海疆有界情无界；

步可效棋行，通一路，连一带，棋局非圆梦是圆。

49. 赵勇（湖北）

丝引春潮沿一带；

梦开棋局跨三洲。

50. 赖永生（江西）

棋枰不大，奥妙无穷，遣将调兵皆在我；

丝路已新，风光更美，驱车策马正当时。

第 六 章
第五届中国棋文化楹联大赛
作品荟萃

一、上联鼓励奖（4名）

（下联为：数千载德艺传承，修身养性，琴棋书画倚先行。）

1. 吴静岚（女，广东）

廿四言心灵规范，报国持家，忠敬廉勤应恪守。

2. 任家潮（安徽）

万亿株李桃培育，化凤成龙，孝爱诚仁宜早课。

3. 韩秀凤（女，安徽）

亿万人心灵陶冶，崇美尚佳，意气精神宜大振。

4. 李永彬（广东）

几十年情操历练，积善明心，礼义信廉期后继。

二、一等奖（2名）

1. 范青山（山西）

时代呈新局，世界一盘棋，落子在先，开枰不负真才智；

思维改旧观，人生千个梦，修身乃上，育美更期大作为。

2. 刘润泽（女，山东）

放迹弦琴翰墨间，达意而歌，小道原来存大道；

陶情画本棋枰处，收心以砺，愚怀每况见虚怀。

三、二等奖（3名）

1. 李轩才（山西）

笑谈棋艺因缘，修养育人，充满舞台感、战场感；

深究国风理念，践行培德，拓宽文化圈、朋友圈。

2. 李来栓（河南）

每悟两间存大美；

欲投一子致中和。

3. 苏王曦（广东）

四艺最耽棋，明德修心，励我有为兼有守；

千年皆入局，飞车跃马，问谁能放更能收。

四、三等奖（5名）

1. 王桂珍（女，河北）

博自然之美，山川铺展、日月放开，万象风雷兴手下；

追境界之高，静以修身、动而启智，千般德道出枰中。

2. 王树凡（安徽）

胜演棋才，败留艺德，喜才德双馨，丕振五羊兴弈院；

目观汉界，手抚楚河，待界河无阻，畅通两岸暖人心。

3. 林为挺（福建）

掌控风云，须凭远虑深谋，落子每从全局想；

抛开胜负，便可陶情养性，修心常自大观看。

4. 陈双田（河北）

输一盘无以为羞，但知己短人长，稚手方能成圣手；

谙四艺自然脱俗，更养高情美德，痴心犹要抱清心。

5. 贾丽（女，山东）

乾坤在手，丘壑于胸，举棋可养浩然气；

雷电不惊，风云惯看，对局更修卓尔身。

五、入选奖（50名）

1. 邹立坚（浙江）

磋艺以平心，尽兼全局，当戒去胜骄败馁；

遵规而律己，每步三思，须看清汉界楚河。

2. 冀庆新（河北）

棋有禅心，赢也山空，输也山静；

人须竹韵，仰之气壮，俯之气和。

3. 周再均（江苏）

才艺小天地，黑白大文章，用智入神，须知棋品乃人品；

输赢若等闲，方圆有法度，你来我往，不觉前贤育后贤。

4. 吴振奇（湖南）

一枰能启智，看跃马驱车，进退每从疑处判；

四艺助培才，喜楩荣楠茂，栋梁还自美中来。

5. 吴传峰（福建）

落子风云涌；超凡胜负轻。

6. 高怀柱（山东）

路凭手开，当学古贤留静气；

着有心定，莫趋时尚发高声。

7. 杨怀胜（山西）

九宫藏大略，退可守，进可攻，万里河山方寸握；

四艺贯中庸，美其心，养其德，平生风骨慎微看。

8. 胡小敏（女，江西）

四艺共熏陶，尚美崇真，德作根基臻境界；

一生多博弈，开枰落子，胸怀大局自从容。

9. 董汝河（河北）

与琴、书、画比肩，四艺传承，德智双修，播馨流泽千秋远；

依儒、法、兵谋着，一枰博弈，风云万变，伏虎降龙百战雄。

10. 王波（北京）

书画琴棋弘德艺，欲窥门径，须达者怀，仁者心，智者虑；

方圆黑白幻风云，恰似人生，当危不惧，败不馁，胜不骄。

11. 吴进文（安徽）

局势本无常，胜不骄，败不馁，每从棋品看人品；

情怀犹有寄，道相合，梦相通，更喜君心似我心。

12. 张贵祥（山东）

以美育人，立德树人，棋苑播春风，博弈纹枰彰大雅；

倾心培智，陶情益智，艺坛开胜景，传承国粹铸文明。

13. 郑国敏（河南）
四艺传千古，舞笔弹弦，养性修身，雅美恒崇陶玉德；
九州共一枰，平心静气，腾车跳马，输赢永鉴晓人生。

14. 雷银喜（江西）
三棋弘德智，以术授之，以理喻之，进退从容，输赢淡定；
四艺注精神，因材教也，因情导也，钧陶雅趣，培养新人。

15. 王青（女，山西）
琴棋循道，书画通神，修一身而兼德艺；
顺逆从心，辱荣适境，溯千古以继圣贤。

16. 刘成卓（山东）
一局弈春秋，养性如花，陶情似月；
全盘皆德智，谋兵任志，落子随心。

17. 高洁（女，山西）
玉局开天地，起落动风云，坐隐其间，一枰静气双儒雅；
旷怀融古今，纵横穷邃密，会通斯境，万仞游心两颉颃。

18. 康黎明（江苏）
棋院树人，教黑白分明，修来德艺如君子；
纹枰论道，向方圆觅趣，弈到春秋作烂柯。

19. 张建芳（女，新疆）
置楸枰布阵排兵，胜负何分，黑白子间多逸趣；
传德艺修身养性，锋芒尽敛，玲珑局里守初心。

20. 宋贞汉（安徽）

四艺我居中，好友相逢，玉局重开，且约烟霞同品鉴；

千年谁踞首，输赢放下，性情陶得，但邀天地共恢弘。

21. 刘志刚（甘肃）

得非盈，失非亏，四艺千年修美德；

行有格，观有品，一枰百子息机心。

22. 肖友权（湖南）

运奇智，布奇兵，守正出奇，一招先手乾坤定；

踵古贤，师古法，开今继古，万里舆图黑白分。

23. 周继勇（广西）

智从棋趣来，动静之间，善在运筹明世理；

美自童心起，纯真之处，敢于博弈悟人生。

24. 卢邦盛（广东）

局势蕴玄机，看黑白之间，风云变幻，出奇每在三思后；

棋声是天籁，喜方圆之内，乐趣万千，悟道常于一弈中。

25. 李孝荣（湖北）

绘画修心，拓云水襟怀，黑白丹青开气象；

行棋励志，彰梅兰品格，端庄文雅见精神。

26. 朱君（女，上海）

立德树人，莫过于黑白分明，方圆有道；

修身养性，最好是百花齐放，四艺相通。

27. 曹海通（江西）

对弈赖专心，尤需步步衡量，输赢取决三思内；

做人当大气，切莫斤斤计较，得失缘因一念中。

28. 李太东（黑龙江）

棋生慧，琴怡心，唯有和谐超物外；

画陶情，书载道，更将襟抱注其中。

29. 温聪平（女，广东）

棋行正着，人行正道，谓弈者双方，黑白未分休举步；

美润其身，德润其心，时陶之四艺，方圆相济最传神。

30. 曹文献（河南）

四艺共修身，三千年智慧结晶，大美哲思臻上善；

五洲皆在局，九万里风云过眼，中华妙手控先机。（古声）

31. 何智勇（江苏）

方乃地，圆乃天，细看局开如悟道；

守以仁，争以礼，慎思子落即修身。

32. 张绍斌（江西）

艺不嫌多，何止懂开杆，倘无风雅一襟，难称大器；

德须尚洁，自然如琢玉，纵历人生百战，易下妙棋。

33. 赵文华（辽宁）

落子双修，何必入室登堂，但借方圆消百劫；

推杆一笑，亦能明心见性，不惊宠辱乐三余。

34. 汪滢（女，安徽）

人生一局棋，纵横十九路风云，进退随缘无俗虑；

雅舍八方客，谈论五千年岁月，琴书作伴有知音。

35. 成小诚（广东）

四艺古相传，几千年美绝人间，各领风骚臻大智；

百花今再放，第一等德垂天下，独呈儒雅至清心。

36. 肖波（贵州）

棋局看人生，玄机悟透，落子无声，啸傲风云真智慧；

闲情修境界，尘虑抛开，抚琴静气，逍遥天地大胸襟。

37. 谭李云（女，广东）

养斯文者大雅扶轮，淑于内，则必美于外；

欣国粹之中兴有道，艺以先，犹须德以兼。

38. 刘红波（广西）

四艺共传薪，看南粤先行，风气蔚然兴美育；

一棋尤启智，助中华重振，神仪卓尔步康衢。

39. 高扬（江苏）

乐在棋中，纵马驱车征楚汉；

美于心内，修身养性立乾坤。

40. 吴成伟（广东）

放眼艺坛前，当将德立道中，筹边守底知根正；

置身棋局内，不碍神游天外，悟美超常见性灵。

41. 郭彦波（广东）

传艺心犹弘道心，授人以德，成人之美；

敲枰智亦修身智，克己而周，省己乃贤。

42. 刘光伟（浙江）

纹楸小学堂，坐隐其间堪悟道；

美感大心境，潜移以后始成人。

43. 项光来（北京）

书画怡情，向大处延伸，德艺兼修真善美；

琴棋益智，从小孩抓起，风骚独领老中青。

44. 闫长安（江苏）

千古无同局，领异标新，岂负少年多圣手；

一枰有共知，树人立德，重扬美育启贤心。

45. 周广征（安徽）

落子三思，舍中求得；

复盘一悟，劫后逢生。

46. 李波（辽宁）

喜传薪尚德崇仁，四艺驰名，敢宏大道争先手；

看布局经天纬地，一朝落子，为振中华行妙棋。

47. 赵继杰（安徽）

美育贵陶情，于琴书处启智宽怀，逸趣长存仁者乐；

棋枰犹载道，当黑白间韬光养晦，终盘不失泰然心。

48. 王海兵（湖南）

为棋含规矩方圆，走马行车，过野越疆遵轨度；

于此学温恭克让，明诚立信，齐家体国本人伦。

49. 彭穗芳（女，广东）

四艺启天聪，养德养真，美化身心升境界；

一生如玉局，惟和惟善，笑看变幻淡输赢。

50. 王绍伟（山东）

乌鹭任腾挪，妙在随机，一局棋同龙虎隐；

风云凭砥砺，学无止境，平生志与圣贤齐。

附　录

附录一：广东棋文化促进会简介

广东棋文化促进会成立的宗旨，是弘扬和传承博大精深的中国棋文化，促进棋类活动的发展，提高人的素质，提升地区的文化品位，促进群众健身、健心运动的发展，推进三棋入校园，满足不同层次的人的文化体育需求，为广东建设文化强省，为中国塑造良好国际形象作出绵薄贡献。

广东棋文化促进会由各界精英人士组成，广东棋文化促进会组织机构的负责人，所聘请的相关人员、入会会员等，大多是广东各界中的领导、精英名流或领军人物。

广东棋文化促进会在2005年5月7日成立，当天就进行了有广东各界社会名流参加的、广东首次举办的"珠江地产杯广东名人三棋赛"。其后，在2005年主办了有一千多人参与的"2005年广州市少儿三棋百杰赛"；从2006年开始，举办"广东少儿三棋百杰万人大赛"，迄今已举办了五届，每届参赛小棋手均超过万人。2019年，从第六届开始，赛事以粤港澳"大湾区杯"的形式加以传承，体例基本不变。该项比赛是广东有史以来参与城市最多、规模最大、参赛少儿棋手最多的一项棋类比赛及棋文化推广活动。2008年，举办了"广州棋文化促进研讨会"，系统梳理了广州棋文化历史，填补了广州棋文化课题研究的空白。2010年，与中国棋院联合主办了"纪念国家围棋队成立五十周年活动暨'天河时尚杯'中国围棋国手赛"大型活动。该活动级别高，内容丰富，吸引了很多围棋国手及社会名流参与，对刚落成的亚运棋类比赛场馆广州棋院进行了一次重要的实战演练，为广州亚运会"竞技热身"，摇旗呐喊。2012年，举办了声势浩大的"方圆岭南棋文化节"。该节内容丰富，既有高水平的棋文化活动"中国围棋文化高峰论坛"及棋文化专题的文艺晚会，也有高水平的业余高手赛事，还有围棋、五子棋亲子联谊赛、象棋暗战、太极围棋表演赛、围棋象棋攻擂战、棋文化有奖问答等一系列活动。

2009年举办的"中国棋文化广州峰会"，由于峰会开中国棋文化发展史之先河，是棋文化发展里程碑式的事件，对梳理、整合、普及中国棋文化起到了积极的作用，并公开出版了50万字、文图并茂的《中国棋文化峰会文集》，为中国棋文化留下大量的、珍贵的棋文化资料和论文，故受到社会各界的广泛关注。中国棋院认为峰会"是一个很好的创意，将使中国的棋类事业不仅向世人展示其体育竞技的属性，而且能向社会揭示其固有的文化内涵"。此项活动云集了中国棋坛领袖、著名棋手、棋文化专家学者及社会各界精英参与，在中国棋坛造成非常大的、良好的社会效应。2014年，以"促三棋进校园，提升民族素质"为口号，在海陵岛举办了第二届中国棋文化峰会（即中国棋文化阳江峰会）。阳江峰会汇聚了逾300名来自全国各地的相关领导和中国棋坛的高层管理者、著名棋手、棋文化专家学者、棋类机构负责人、社会各界名人等，围绕"三棋进校园"主题进行了深入的探讨，为三棋进校园的发展提供了诸多典型案例、经验教训及宝贵的建议。其间，还举办了三棋进校园图文展览，举办了"海陵岛·大角湾杯"全国名家围棋邀请赛、"海陵岛海韵戴斯杯中国业余围棋32强赛"、"华夏围棋棋友联谊活动"等，吸引了众多棋迷参与。2015年，第三届中国棋文化峰会继续在阳江举办，其主题是"海上丝绸之路与棋文化"。峰会就这个特定的主题进行了充分的研讨，时任中国围棋协会副主席林建超将军作了关于中国海洋战略及围棋思维方面的专题报告，引起了参会者的广泛共鸣。第三届峰会的成功举办，不但能够专门梳理这一领域的棋文化发展历史，同时也契合了当下国家发展战略，有其特殊的意义。2017年，第四届中国棋文化峰会走出广东，在重庆两江新区举办，其规模、层次、参与人数等都创下了中国棋文化峰会记录。第四届中国棋文化峰会的举办，使中国棋文化峰会成为一个中国大型棋文化活动的重要品牌。

2013年，广东棋文化促进会与广东东湖棋院、广州市围棋协会共同承办了以"分享东方智慧"为主题的"珠钢杯"第一届世界围棋团体锦标赛，其丰厚的奖金和创新赛制吸引了19个国家和地区的22支队伍参加，15位世界冠军参赛。赛事云集了德高望重的名人前辈及棋界新锐，如古力、常昊、孔杰、小林光一、赵治勋、武宫正树、曹薰铉、刘昌赫、李昌镐、陈耀烨、时越、周睿羊、王铭琬、柳时熏、沟上知亲、崔哲瀚、朴廷桓、姜东润等，使"珠钢杯"成了围棋界奥斯卡般的盛事。"珠钢杯"赛事期间，还举办了"世界围棋文化图文展"，使该赛事不仅是一次体育竞技活动，更是一次具有塑造国家良好形象，提升广州、广东乃至中国的软实力，倡导分享精神，构建和谐世界等重大战略意义的一次大型国际文化活动。作为大赛最重要的亮点，其创新性的赛制引领了中国围棋赛制的探索和实践热潮，为包括"城市围棋联赛"在内的多项赛事提供了有益的参考，收到了良好的效果，受到了广泛的关注。2015年底，"金龙城杯"第二届世界围棋团体锦标赛继续在广州举办，第二届赛事除了同样高水平的正规赛事外，还别出心裁地安排了挑战吉尼斯世界纪录荣誉专场——由中国业余棋手鲍云6段进行围棋盲棋多面打一对五比赛。经过近12个小时的较量，鲍云以全胜的成绩获得挑战成功，得到吉尼斯认证官的认证——按照要求，5盘棋鲍云必须至少要赢4盘才算挑战成功，结果他令人惊叹地以全胜战绩创造了新的世界吉尼斯纪录。赛事也因此一如既往地受到广泛的关注。

除此之外，广东棋文化促进会还分别主办、承办或协办了分别在广东举办的多项赛事活动或棋文化活动，均取得了很大的成功，为促进中国棋文化事业的发展作出了应有的贡献！

附录二：广东楹联学会简介

广东楹联学会于1986年10月由广东省民政厅批准成立，是由省文联主管指导的社会文艺团体。学会开办39年来，大力弘扬中国传统楹联文化，成绩显著，拥有注册会员近2000人，是一支由楹联理论家、楹联创作家、楹联书画家、楹联活动家等组成的文艺队伍。

学会历届领导非常重视对联文化的传承与传播。特别是第四届、第五届理事会，以邹继海会长为领军人物的学会，以创建广东省、中国楹联文化县（区、城市）建设为引领，大力支持指导和推动省内市、县、乡、村、机关、学校的楹联文化传承基地与教育基地创建工作。广东楹联学会荣获"中国楹联文化强省"称号。

学会每年认真组织、开展丰富多彩的各类对联创作评比活动。坚持16年与省文明办、南方报业集团联合开展全国性迎新春道德征联大赛，连续4年组织全省开展"春来粤有福"挥春送福活动，已成为国内文化品牌，得到了新闻界、艺术界、联界和基层干部群众的高度评价。尤其是"观音山上观山水"征联大赛，持续7年多，产生极大的影响力。以庆祝建党一百周年为主题的全国征集百字长联大赛系列活动，在国内很有影响力。学会每年承办多场全国征联赛事，深受全国联家及楹联爱好者的欢迎，投稿量巨大，征联活动成效显著，学会编辑出版了广东省有史以来第一本对联志《中国对联集成》（广东卷）。该书收集了自唐朝到民国之间，广东省内一千多年来近万副的历代名联。学会的出版刊物《楹联家》全年共分六期。学会"广东楹联学会公众号""粤海联艺"两个微信公众号为诗词楹联爱好者提供了相互交流和学习展示的平台。

2014年，学会在国内率先成立书画院，致力培养德艺双馨联墨双修的联墨艺术家队伍。现有楹联书画家约400人，经常组织国风雅集活动，深入基层为民服务，产生了积极的社会影响。近两年来，学会第六届理事会与顾委会同心合力，动员和指导各地学会，以积极创建楹联文化市县为契机，不断壮大楹联队伍，带动了乡村和学校创建楹联文化传承基地和教育基地，推动广东楹联文化事业加快发展。

附录三：广东省围棋协会简介

在中国围棋协会、广东省体育局的关心、支持下，广东顺应改革要求，于2018年3月31日在广州成立广东省围棋协会，标志着广东围棋事业改革全面启动。

广东省围棋协会是具有独立法人资格的全省性群众体育社会团体，是中国围棋协会、广东省体育总会的团体会员单位，是由全省围棋职业棋手、业余棋手、围棋工作者、围棋爱好者、围棋团体以及关心支持围棋运动发展的社会各界人士自愿组成的非营利性社会团体组织。协会的登记管理机关是广东省民政厅，业务主管单位是广东省体育局，接受登记机关、业务主管单位以及行业管理部门和其他部门依法在其职权范围内的监督管理和指导服务。

广东省围棋协会自成立以来，始终坚持不忘初心、牢记使命、继往开来的工作理念，围绕工作重点，紧扣市场脉搏，着眼未来发展，坚守"协会实体化、普及大众化、竞技多样化、运作市场化"的改革方向，全省围棋事业取得长足进步。协会实体化成绩斐然，竞技多样化蓬勃发展，普及大众化方兴未艾，运作市场化卓有成效，围棋事业、行业、产业形成高质量发展新格局。

广东省围棋协会，以敢为人先的广东精神，改革创新，攻坚克难，"围棋人口"迭代增长，至2022年达666.61万。全省各地级市、区县、镇围棋（棋类、棋牌等）协会185个，基本实现全省地级市、区县、镇三级围棋协会组织全覆盖，成为全国围棋大省之一。

附录四：广州市围棋协会简介

在陈毅元帅的倡议下，1962年，时任广州市副市长孙乐宜积极推动筹备，联合广州市从事围棋工作的专业人士、各类围棋机构和广大围棋爱好者等，共同发起成立了广州市围棋协会，这也是在全国大城市中第一个成立的围棋协会，为广州围棋事业的发展奠定了重要基础。

自成立以来，协会始终以推动广州围棋可持续发展为己任，致力于弘扬和传承围棋这一博大精深的传统文化。通过广泛开展围棋普及培训、组织各类群众性和专业性赛事活动，包括世界级、全国性及省市两级的围棋赛事，为海内外围棋爱好者搭建了高水平的交流与竞技平台，进一步提升了广州围棋的影响力和参与度。

在青少年围棋发展方面，协会不遗余力地推动围棋文化进校园，积极助力广州市体教融合进程，培养了一大批青少年围棋人才。同时，协会高度重视专业人才的挖掘与培养，曾先后培养出容坚行、陈志刚、陈嘉锐、黄妙玲、敖立贤、廖桂永、梁伟棠、曾炳权、苏耀国等众多职业棋手和围棋名将，为广州围棋事业注入了强劲动力。

此外，协会还着力强化专业技术队伍建设，构建科学、可持续的人才储备体系，为广州围棋的长远发展奠定了坚实基础。作为广州围棋事业发展的中坚力量，协会将继续秉持初心，为推动围棋文化的传承与创新，促进围棋事业的繁荣发展贡献力量。

附录五：广州棋院简介

广州棋院是广州市体育局下属正处级事业单位。前身为广州棋艺社，成立于1956年，2007年更名为广州棋院，是广州市棋牌业务主管单位，全国中小学棋类教学实验基地，担负着广州市围棋、象棋、国际象棋、桥牌等棋牌项目的培训、竞赛、管理以及对外交流等职责，是传播棋牌文化的重要阵地。棋院占地约12200平方米，建筑面积约14000平方米，分A、B、C三个区域，设有两个多功能比赛大厅、中国棋文化精粹馆、棋牌培训课室、多功能会议室、运动员宿舍和特别对局室（设有直播功能）等配套功能房，是首次实现亚运会围棋、象棋、国际象棋"三棋全会"的比赛场地。

广州棋院常设象棋、国际象棋、围棋等类型培训班，并拥有一批敬业的教练人才，已形成了三棋启蒙、初级、中级、高级、业余体校、专业队梯次培训模式等棋类教学培训，同时，大力开展桥牌、国际跳棋、五子棋等群众性智力活动，培养了一大批棋牌类人才，在全国和广东省比赛中多次夺冠。

自落成以来，广州棋院秉承"五个中心"的定位，积极组织和申办多项顶级的世界性棋类竞赛，并面向广大青少年、大学生、残疾人等举办各项全国性棋类竞赛和省内赛事，使广州棋院成为岭南地区棋类运动发展的新基地和场馆。2011年9月，于B区二楼建设一个集展示、收藏、研究、交流为一体的中国棋文化精粹馆，以弘扬、传承和复兴中国棋文化为宗旨。展馆分设围棋文化厅、象棋文化厅、亚运棋文化长廊、棋文化特展厅、智能厅等展示区，并以"精粹"为名，寓意将博大精深的棋文化精华收于馆中。同时从历史典故、文化起源、智慧哲理、艺术思想等多方面、多方位展现中国棋文化的博大深远、奥妙精深。